野生のJK
柏野由紀子は、
異世界で酒場を開く
Author◆Y.A
Illustration◆すざく

C O N T E N T S

Wild JK Yukiko Kashiwano opens a Public Bar in a different world.

大衆酒場『ニホン』、本日も開店です。
ボンタ
柏野由紀子
ファリス
ララ
ミルコ・スターブラッド
アンソン

「ボンタ君、手はずどおりに頼む
「女将さん、任せてください」
ゴレンドルク・スターブラッド
テリー
ヤーラッドの親分

野生のJK柏野由紀子は、異世界で酒場を開く

Author◆Y.A　Illustration◆すざく

C H A R A C T E R

◆柏野由紀子《かしわのゆきこ》
通称『野生のJK』。大衆酒場『ニホン』の看板娘（と呼ばれたい）であり女将。

◆ララ
大衆酒場『ニホン』の看板娘。由紀子を慕う。

◆ボンタ
大衆酒場『ニホン』の料理人。体格がいいが心優しい少年。

◆ファリス
魔法学院に通う傍ら、由紀子のもとで働く少女。

◆ヤーラッドの親分
常連客。王都の繁華街を取り仕切る自警団の親分。

◆ブレンドルク・スターブラッド
常連客。お爺さん、ご隠居と呼ばれているがその正体は大商会の元当主。

◆ミルコ・スターブラッド
ブレンドルクの孫。野心家だが、行動がなかなか伴わない。

◆アンソン
自信家なレストランのオーナーシェフ。ミルコの友人。

◆テリー
自警団員。親分を兄貴と慕うヤンチャな少年。

プロローグ　繁盛店

「はーーーい、お待ちどおさま。ハツ、タン、レバーの塩が二本ずつね」

「女将《おかみ》、エールお代わりね」

「はい、エールお代わりですね。ララちゃん、お願いね」

「わかりました、ユキコさん」

「俺は、センマイ刺しとモロキュウね」

「センマイ刺しとモロキュウですね。忙しいわね」

「女将、新しい人を雇った方がいいと思うけど……」

「現在絶賛募集中です」

「ララちゃんみたいな可愛《かわい》い看板娘がくるといいな」

「お客さん、ここにも看板娘はいるけど……」

「ははは、そうだったな。女将も若いんだけど、貫禄《かんろく》のせいで、ちいとばかり年上に見えるんだよ」

「私、まだ十六歳なのになぁ……」

「その年でお店を持っている女性なんて、王都にもそうそういないからな」

今夜も、私のお店を訪れる多くのお客さんたちに料理や酒を出し続けていた。

オープンから一ヵ月ほど。

季節はもう秋だけど、日本ほど寒くないからエールがよく出るわね。

幸いにして、私のお店は連日やってくるお客さんで繁盛している。

初めてお店をやるので心配だったけど、『案ずるより産むが易《やす》し』とはよく言ったものだ。

このお店のオーナー兼女将である私、柏野由紀子《かしわのゆきこ》。そして看板娘のララちゃん。ララちゃんとはオープン前からの付き合いで、しかもお店の二階で同居生活を送っている。女子二人で忙しい日々を送っているのである。

私のお店『ニホン』は、王都サンペルク南側、平民街のさらに路地裏にあるいわゆる大衆酒場と呼ばれる形態で、メインは串焼きとお酒に合うオツマミであった。

あとは不定期で、ララちゃんと二人で用意できた料理を出すお店だ。

看板商品の串焼きは、この世界に多数生息し、庶民から王侯貴族までもがよく食べる、ワイルドボアという猪《いのしし》に似た魔獣に、ウォーターカウという水牛型の魔獣に、アクティブホースという馬型魔獣を使っている。

そして、たまに手に入る珍しい魔獣のお肉を特別メニューとして提供することもある。

まあその日に仕入れた食材次第という感じかな。

人手の問題であまり料理の種類は多くないけれど、この世界、ファーランドにはなかった料理も多く、しかも庶民向けで安いため、オープンしてすぐにお客さんが沢山来てくれるようになっていた。

「ミソニコミ一つ」

このところよく来る商人のおじさんから注文が入った。

「はい、味噌《みそ》煮込みお待ち」

「ああ、美味《うめ》ぇ……そういや聞いてよ、女将さん」

「どうかしたの？」

「いやさ、この前商業ギルドの集まりがあって、そのあとに酒席もあったんだけど、料理がイマイチでさ。珍しい魔獣の肉らしいんだけど、血なまぐさくて食えたものじゃないんだよ」

「ああ、それはちゃんと血抜きしていないんですね」

「それで、やたらハーブ臭いんだよ」

この世界の料理について簡単に説明すると、調味料はほぼ塩とハーブだけ。

肉は前述のとおり主に魔獣を狩ったものとなるが、ハンターや猟師たちは獲物を沢山獲《と》ることだけを優先しているため、ろくに下処理をしないので獣臭い。

加えて保存技術も低いため、肉はすぐに悪くなってしまう。

それを隠すため、ハーブ類と一緒に煮て肉の血なまぐささや異臭を消そうとするが、中途半端に臭くてハーブの味ばかりが舌に残る、肉の味もへったくれもない料理が、かなりの上流階級でも当たり前のように出たりした。

私と話をしているおじさんは、王都では中規模レベルの商会の主《あるじ》であり、たまに商業ギルドの集まりでご馳走《ちそう》を食べるそうだが、材料である肉の状態がよくなかったそうで、せっかくの珍しい魔獣の肉だったのに、あまり美味《おい》しいと思わなかったそうだ。

「ハーブを食べている気分になってな。あそこまで大量にハーブを使うと、肉の味もなにもなくなってしまう。それでもまだ血なまぐささが残っているというのも問題だけど」

「もしかしてかなり古いお肉だったのでは？」

「だろうな、遥《はる》か北方国境沿いで入手したって話だから」

「せめて冷やして運ばないと……」

「肉を運ぶ依頼を引き受ける魔法使いがいるかね？」

この世界には魔法使いがいるが、彼らは獲物の保存に気を配るよりも、一匹でも多くの魔獣を倒した方がお金になるので、そういう配慮はしてくれないそうだ。

食材の状態に気を配らなければ、美味しいものは作れないというのに……。

この世界は地球とは違うので、食料は質よりも量が優先されるからというのもある。

少ない魔獣の肉の状態に気を配りながら持ち帰っても、残念ながら大幅に買い取り金額が増えるわけではない。

一匹でも多く倒すことに集中した方がお金になるというわけだ。

「どんな希少な魔獣の肉の料理よりも、ここのワイルドボアの串焼きだな。レバー、シロ、カシラを塩で」

商人のおじさんから追加注文が入った。

「はい、まいど」

他のお客さんたちからも次々と注文が入り、私は事前に仕込んで串に刺してあったワイルドボアの肉や内臓を炭火で焼いていく。

本当は他の魔獣の肉を使ったメニューもあるのだけど、今日は仕込む時間がなかったのだ。

やはりもう一人従業員が欲しいところだけど、ここは私がいた日本とは違う世界なので、ただ人を雇えばいいというわけではない。

ララちゃんのように信用できる子は、そう簡単には見つからないのだから。

「ララちゃん、今度のお休みにデートしようよ」

「残念でした。今度のお休みは、ユキコさんと出かけるんです」

若い男性客からデートに誘われたララちゃんは、それを軽くかわしていた。

私とデートをするのだと言って。

休日、よく一緒に遊びに行くのは事実なんだけどね。

「なんだよ、女将がモテモテじゃないか」

袖にされた客が冷やかしてくる。

「悪い？」

「いいや、女将は男前だからな」

「だから、私は女だって」

「それは当然なんだけど、その若さで店の主なんだから貫禄があって当然だよな。俺とは違って」

「私もララちゃんと同じくか弱い乙女で、生活のために頑張っているんです」

「か弱いかぁ……何十年前の話かな？　それ」

「だから、私はまだ十六歳なのに！」

「「「「「「あははは っ！」」」」」」

定期的に発生するやり取りを聞き、爆笑する常連客たち。

事実、私はほんの一年前まで日本で普通の女子高生をしていて……ちょっと趣味とかは普通じゃないかもしれないけど……ある日突然この世界に飛ばされてしまったので、生きるために努力してこのお店のオーナーになったのだ。


改めまして、私の名前は柏野由紀子《かしわのゆきこ》。十六歳。

串焼きと気まぐれ料理とお酒を出す大衆酒場『ニホン』のオーナー兼店主である。

そういえば、まだ当然生きているであろうはずの両親は元気なのかしら？

第一話　任侠さん登場

「今日は手に入ったんだ、ウォーターカウ」

常連さんが話しかけてきた。

「昨日の定休日に狩りに出かけたら、たまたま水場にいたんですよ。ラッキーでしたね」

「女将は、自分で獲った魔獣の肉しか使わないのな」

「獲ってすぐに処理しないと、他のお店のお肉や内臓と同じく獣臭くなってしまうので。いいお肉や内臓を仕入れられるお店があればいいんですけどね」

「そうなれば、もっと営業日が増やせるか」

「ええ」

「残念だけど、この辺のお店だと難しいかな？　じゃあ、俺はロースを塩で」

「兄貴、この店ですぜ！」

今日も串焼き大衆酒場（という業態にほぼなりつつある）『ニホン』は、夕方から営業を開始していた。

立ち飲み用のカウンターとテーブル席はすべてお客さんで埋まり、私もララちゃんも忙しく働いている。

そんな中、突然店内にちょっとガラの悪いお兄さんが入ってきた。

続けて、いかにもなお兄さんも続く。

後から入ってきたお兄さんの年齢は三十歳前後くらいであろうか？

ノーネクタイながらも、この世界でも正装とされている高価なスーツをピシっと着こなし、黒い髪はオールバックでまとめている。端正な顔立ちながらもその目の奥で鋭く光る眼光が、彼がカタギの人間ではないことを私たちに知らせてくれた。

これまで和気あいあいとしていた店内に、一気に緊張が走る。

「ヤーラッドの親分さん、ここは安くて美味しいものを出すお店で、親分さんが気に入るようなお店では……」

常連のおじさんが、恐る恐るコワモテさんに声をかけてくれた。

「そんなこと、おめぇには聞いてねえよ！　兄貴がどう判断するかなんだよ！　さあて、ショバ代をどうするかな」

現代の日本ではなかなか見かけない光景かもしれないけど、要するにこの二人は日本で言うところのヤクザな方々で、うちにショバ代を求めて参上したわけだ。

この世界は日本とは違って、電話をしたらすぐに警察が来てくれるわけではない。

そもそも電話自体がないけど。

当然、暴対法なんて法律もない。

一方でこの世界は治安も悪く、こういうヤクザな方々にショバ代を支払って安全を確保することは、決して悪いことではなかった。

この手の商売が成立するのは、『毒をもって毒を制す』という意味合いがあったからだ。

「ヤーラッドの親分さん、ここは我々庶民が暮らす下町の、さらに裏通り、奥まった場所にある。そこで、十六歳の若女将と看板娘が一ヵ月も無事に店をやっている。どうかご理解いただけないだろうか？」

オープン当初からの常連客であるお爺《じい》さんが、若い親分さんを説得し始めた。

確かにここは賃料がとても安いけど、好立地ではないし、決して治安がいい場所ではない。

オープン当初には、ガラの悪いお客さんや、強盗犯も出た。

いわゆるチンピラ程度のタカリも複数出た。

私はそれらをすべて実力で排除し、決められたルールを守れない客たちも出入り禁止として、ようやく今のお店の空気を作り出したのだ。

新規のお客さんでも、ちゃんとルールを守って利用できる人は大歓迎であったが、ルールを守れないのであれば……。

ご理解いただけない人は、実力をもって排除させていただくけど。

この世界に来て約一年、私も随分と逞《たくま》しくなったものだ。

最初の半年は、ほぼサバイバル生活で魔獣を狩って暮らしていたから……強くなるのと同時に、度胸もついて当然か。

「ヤーラッドの親分」

「うるせえ！　兄貴がジジイの話なんて聞くものか！　そもそも女の身でちょっとばかり腕っ節に自信があるくらいで威張るな！　兄貴は、魔法使いにだって勝った経験が何度もあるんだぞ！」

親分さんの手下である若者は、説得など無駄だとお爺さんに強く言い返した。

彼が威張ることではないけど、確かにこの親分さんは隙がない。

私で勝てるかな？

「(あのぅ……今さらながら、ヤーラッドの親分って？)」

「(女将は王都に来てまだ数ヵ月だから、まだ知らないのか。ヤーラッドの親分は、今王都で一番勢いがある自警団の親分なのさ)」

傍《そば》にいた常連さんに小声で聞いてみると、ヤーラッドの親分と呼ばれている危険な空気を纏《まと》っている青年は格好いいけど、いわゆる任侠組織の親分なのだそうだ。

この世界では、そういう方々を『自警団』と呼ぶらしい。

この世界の国々には『警備隊』と呼ばれる治安組織があるが、彼らは魔獣の駆除や、組織・凶悪犯罪の摘発、有事の際には軍に編入されてしまうので、泥棒や強盗、窃盗、恐喝程度では出動してくれるかどうかわからない。

さらにいえば、人員が足りないという事情もあった。

地方の村には、警備隊の詰め所すらないところも多い。

そこで、自警団にショバ代を払っておけば、お店におかしな人が来ても安心というわけだ。

しかも警備隊よりも圧倒的に早く動いてくれるらしい。

ショバ代を払ってくれるお得意さんだから当然か。

公務員よりも民間企業の方が動きが早いのは、世界が違えど同じというわけね。

地方では、自警団が魔獣狩りをしているところも多いらしい。

ただ、どうしても末端の組織の中には、人身売買、売春、違法薬物の販売、貴族や大商人の代わりに手を汚すところもあって、カタギの人たちからよく思われないわけだ。

食い詰めた若者たちが集まる傾向にあり、そういう人たちはとりわけガラが悪いというのもあるのだと思う。

現に、親分さんについている若者は……いかにもチンピラってイメージだものね。

「(阿漕《あこぎ》なことをするという噂《うわさ》はないんだけどなぁ……ショバ代は、交渉で安くできるはずだよ。この手のお店からあまり高額のショバ代は取らないはずだから)」

常連さんがこっそりと教えてくれた。

必要経費とみるべきかな。

ここの大家さんも、事前に教えてくれればよかったのに……。

当たり前すぎて、わざわざ言うことではないと思われたのかしら?

「(この建物、お店がオープンしてはすぐに潰れるを何度か繰り返したところだから、定着してからでいいと思ったんじゃないかな？　家賃安いでしょう？　実際のところ)」

「(確かに安いですね)」

なかなか店子《たなこ》が定着しない不良物件だったからこそ、このお店は家賃が安かったのよね。

ここ数年はほぼ空き家だったそうだから、定着できるかこの一ヵ月様子を見ていたとか？

「おい女、なにをコソコソと話してやがる！　さあ、ショバ代を出せ！」

「出してもいいけど、条件は？」

安全を買えるとなれば必要経費として割り切るけど、あまりに高いと利益が出ず、なんのためにお店をやっているのかわからなくなってしまう。

向こうの出方次第では……。

「売り上げの半分だ！　耳揃《そろ》えて払いやがれ！」

「出せるか！　三下！」

「なんだとぉ―――！」

売り上げの半分って……このお店は薄利多売でやっているのに、売り上げの半分も持っていかれてたまるものか。

「ヤーラッドの親分、あまりにもそれは酷《ひど》いのでは？　相場からも随分と外れておるぞ」

「お爺さん、そうなの？」

「いくらなんでも、売り上げの半分は横暴だ。色街のお店でもそんなに払っておらん」

儲《もう》かるとされている、綺麗《きれい》なお姉さんがいる高価な飲み屋や、売春宿でもショバ代が売り上げの半分なんてまずあり得ないと、お爺さんは教えてくれた。

「悪く思うなお嬢さん。俺にもつき合いがあるのでな」

初めてその声を聞いた親分さんだけど、声もイケメンだった。

残念ながら、今は私の敵だけど。

「他のショバ代を払っているお店から、私の店を潰すように依頼を受けたのね！」

なんとなく真相がわかってきた。

親分さんは、すでにショバ代を貰《もら》っている私と同業のお店から、私の店を潰してほしいと頼まれたのだ。

だから、無茶なショバ代を要求してきたのであろう。

出せなければ、この店を潰すと。

「ヤーラッドの親分、それはあんまりでは？　重ねて言うが女将はまっとうな商売をしている。看板娘のララちゃんは、故郷の村が魔獣によって滅ぼされ、王都に流れてきたところを女将が助けた。もし女将が助けなければ、色街に落ちていたはずだ。聞けばヤーラッドの親分も、子供の頃に着の身着のままで王都に流れ着いてきたとか。同じ境遇の者たちに対し、任侠の世界にいる者の取る態度だとは思えませんぞ」

「お爺さん……」

心配げな私の視線に気がついたお爺さんは、すぐに笑みを浮かべた。

庇《かば》ってくれるのはありがたいのだけど……王都で今一番勢いがある親分さんに喧嘩《けんか》を売るのは心配してしまう。

「安心せい、女将。ワシは今は引退した身なれど、これでも若い頃はそれなりに有名人でな」

有名人？

実は、お忍びでこのお店に通う大貴族様とか？

には見えないわね……。

「有名人どころではないだろう。スターブラッド商会中興の祖である、先代当主ブレンドルクを知らない自警団の親分など聞いたことがないな。金など腐るほどあるくせに、高級な店ではなく、こんな場末の店に通っていたとは驚きだ」

お爺さん、本当に有名人だったんだ。

見た目では全然わからなかった。

あと、場末な店で悪かったわね！

これでも味には自信があるのよ！

今は親分さんが怖いから言えないけど……。

「若い頃、潰れかけた老舗を立て直すために散々働いたのだ。残りの人生、ワシは好きなことをして生きていく予定でな。してヤーラッドの親分？」

「別に、頼んできた店主たちとて、普段阿漕な商売をしているわけではない。家族や従業員たちの生活もある。俺はこんな半端者だ。彼らの弱さがよくわかるのさ。ショバ代を払ってくれているお得意さんだからというのは、俺らしいだろう？」

ニヤリと笑いながら、最後にそう尋ねてくる親分さん。

そのシニカルな笑顔も格好よかったけど、今の私にとっては敵でしかない。

私のお店のせいで客が減った、他のお店の店主たちからの依頼。

可哀想《かわいそう》だとは思うけど、私にだって生活というものがある。

ララちゃんもいるし、自分の家は自分で守らないとね。

「親分さん、私は相場のショバ代なら出しますけど、理不尽な要求には屈しません。私はこの店を守るためなら、たとえ親分さんが相手でも引きませんよ」

私は、親分さんからの要求を拒絶した。

こうなればもう勢いだ。

女は度胸よ。

「おめえ！　兄貴の言うことが聞けないってのか！　世間知らずの小娘が、後悔することになるぞ！」

「私は親分さんに言っているのよ。三下は引っ込んでいて！」

親分さんの威を借るチンピラめ！

あなたと交渉しても無意味だから、ここは無視するに限るわ。

「ぐっ……おめえ、痛い目をみたいのか？」

「かかってきなさい」

「小娘がぁ――――！」

「テリー！」

「しかし……アニキ……」

「俺の言うことが聞けないのか？」

「いえ、そんなわけでは……」

とここで、親分さんが手下のチンピラ君を制止した。

そんなに大きな声ではないのに、まるで条件反射のように彼はその動きを止めてしまう。

親分さんを怒らせると怖いことが、よほど骨身に染みているようであった。

「しかし度胸があるお嬢さんだな。俺を目の前にして」

「ちょっと後悔しているけど」

「お嬢さんも、弱いところのある普通の人間というわけか……。俺もそうだ。だから、俺と勝負をしないか？」

「勝負ですか？」

勝負って、なにをするんだろう？

カタギじゃない親分さん相手だからギャンブルとか？

もしくはケンカ？

「でもどうして？」

「さっきも言ったが、俺も弱いところがある人間だからさ。さて……お腹《なか》は減っていないが、なにか一品出してくれ。俺が気に入れば、ここは俺の行きつけの店ということになる。そういう店から法外なショバ代は取らないさ」

「一品勝負ですか？　親分さんが気に入るものを出せと？」

「兄貴はこう見えて舌も肥えているんだ。勝負あったな、小娘」

こういうのって、日本のグルメ漫画とかにありそうだけど、いざ自分がその状況に置かれると困ってしまう。

お腹は減っていないと言った親分さんに、この店に通いたくなるような一品を出す。

普通に考えたら、名物の串焼きのどれかか、味噌煮込みでも出せばいいのだろうけど、そんなありきたりな回答では、親分さんが納得するとは思えない。

さて、なにを出せば……と迷っていたら。

「(女将、今日、ワシに最初に出したものでいいと思うぞ)」

とここで、お爺さんが小声で助け舟を出してくれた。

そういえばこの人って、スターブラッド商会の先代当主なんだよね。

スターブラッド商会は王都一どころか、この国一番の大商会であり、さすがの私でもその名前は知っていた。

その先代当主の忠告ともなれば、これは大いに参考になるはずだ。

「(アレですか？　でも、親分さんは若いですよ)」

とはいえ、お爺さんに出したものは完全に年配者向けの料理なので、まだ三十歳前後の親分さんの好みに合うとは思えないのだ。

「(生粋の王都の人間には向かぬが、ヤーラッドの親分は田舎の寒村の出。アレの料理を口にしているはず。彼は故郷を捨てた身なれど……というわけだ。騙《だま》されたと思って出してみるがいい)」

「(わかりました、ご隠居)」

「（ご隠居はやめてくれ、女将。ワシは、ただの酒好きのジジイなのでな）」

そしてお爺さんに言われたとおり、私は親分さんに出す一品を調理し始めた。

「ええっ！　これをですか？　私はお肉の串の方がいいような気がします」

ララちゃんは半信半疑のようだけど、なんといってもスターブラッド商会の先代当主の意見だからね。

人を見る目は誰よりもあるはずで、私が自分で出す料理を決めるよりも確実な気がしたのだ。


「お待ちどおさまです」

私は自分で焼いた串料理を一本だけ親分さんに差し出した。

「なんだよ、肉じゃないのかよ。ケチくせえ」

確かにそれは串には刺してあったが、肉や内臓の串ではない。

大豆より一回りほど大きいツボミのような野菜が三つ刺してあり、外側が少し焦げたものだったからだ。

「あんたには出していない」

「この小娘、俺には強気だよな」

親分さんはわからないけど、少なくともあんたには負ける気がしないもの。

「テリー、静かにしていろ。コフキか……」

親分さんの一喝でチンピラ……テリーというらしい……はすごすご引き下がる。

今は三下なんかにかまっている余裕はないので助かった。

私は改めて親分さんに向き直る。

「やはりご存じなんですね」

コフキは、日本のフキとよく似ている野草であった。

この世界のは、秋から冬にかけてが旬の野草なのよね。

王都ではあまり出回っていないけど、私が野菜を仕入れている青果店では、時期になると懇意にしている郊外の農家が卸してくれるそうで、試しに少し仕入れてみたのだ。

この世界だと天ぷらはないので……油がネックなのよね。精製された油じゃないと天ぷらは難しい……雑穀雑炊に入れたり、肉や魚と一緒に焼いて食べたりすると聞いている。

私は串に刺して、軽く塩を振りながら炭火で焼いただけだけど。

適度な苦みがあって、お爺さんは前菜代わりに一本頼んで食べていた。

他にも、年配のお客さんたちには好評な一品であったのだ。

まだ三十歳前後と思われる親分さんの好みに合うかどうか……。でも、お爺さんは自信あるみたいね。

親分さんは、串に三つ刺してあるコフキの内一つだけ口に入れた。

目を瞑《つぶ》って軽く咀嚼《そしゃく》しながら、その味を丁寧に確認しているようだ。

続けてもう一つ。

やはり、同じように目を瞑りながら炭火で焼いて塩を振っただけのコフキの味を丁寧に確認している。

最後の一個を口に入れ、殊更ゆっくりと咀嚼してから呑《の》み込んだあと、私は彼の目にうっすらと涙が浮かんでいるのを見つけてしまった。

「ほんのりと苦く、塩が振ってあるので、そのおかげでようやく少し甘さを感じる程度。大して美味くもないが、俺が捨てた、ろくでもない故郷を思い出す。あの狭い村。そこで農家の跡取りだからという理由だけで威張り腐る愚かな親父《おやじ》と、他のもっと貧しい農村から嫁いだ、帰る場所がないからと言って、いつもオドオドしながら親父の機嫌を伺っていたお袋。本当に、クソみたいな故郷だったな」

誰に聞いてもらうつもりでなく、自然と声が出たのであろう。

いや、もしかしたら誰かに聞いてもらいたかったのかもしれない。

親分さんは、コフキの串焼きを食べ終わると、自分の生い立ちを話し始めた。

「親父はろくに農作業をせず、酒と博打《ばくち》に熱心だった。田舎の農村なので、同じく博打好きの村人たちと毎日博打三昧だったのさ。そのためお袋が一人で畑を耕し、家に少しでも金があると親父は酒を買うか博打に使ってしまう。お袋が少しでも盾突けば、親父は容赦なくお袋を殴り続けた。俺が止めに入ると、親父は『ガキのくせに生意気な！』と怒鳴り、俺も意識がなくなるまで殴る蹴るの暴行を受けたものだ。おかげで、子供の頃はいつもひもじい思いをしてな」

「そんな中で、よく食べたのはコフキだったのですか？」

「これに限っては村の近くにいっぱい生えていてな。大して美味しくもないものなので、村の連中はそんなに食わなかったが、うちは別だった。お袋は、俺にひもじい思いをさせて申し訳ないと、これを沢山食べさせてくれた。そんな状況でもお袋は、親父を捨てて家を出ることもせず、無理を続けて病で早死にしてしまったのさ。俺が十歳の頃だ。俺は、なにもかもが嫌になって村を飛び出した。浮浪児のような格好でようやく王都に辿《たど》り着《つ》いてな。そこからは、死ぬ思いで苦労して今の俺がいるというわけだ」

親分さんの凄《すご》みは、そういう散々苦労した過去から滲《にじ》み出《で》たものだったのね。

「故郷を出た時、コフキなんて二度と食うものかと思ったが、これを食べるとつい思い出してしまうな……」

「亡くなられたお母様をですか？」

「……ふっ、まあ及第点をくれてやる。ショバ代は相場でいい。テリー！」

「へいっ！」

「他の連中に伝えておけ！　この店におかしな真似《まね》をするなとな！」

「わっかりやした！」

「帰るぞ」

「へいっ！　……俺もなにか食いたかった……」

「なんだ？　テリー」

「いえ、別に……」

「そのうちな。他の若い連中も一緒にだ」

「わっかりやした！」

「自己紹介がまだだったな。俺はこの王都では『ヤーラッドの親分』と呼ばれている。なにかあったらすぐ事務所に来てくれ。じゃあ」

そう言い残すと、親分さんは三下を連れて店を出ていった。

テーブルの上には、銀貨が一枚。

コフキの串は一本銅貨一枚なので、迷惑料代わりというわけか。

今、親分さんにオツリを渡そうとするのは無粋なので、ここはありがたく貰っておくとしよう。

私はちゃんと空気も読むのだ。

決して、串一本だけで銀貨一枚も貰えてラッキーなどとは思っていない。


「いやあ、近くで見るとヤーラッドの親分は凄い迫力だな」

「目力《めぢから》の違いってやつだな」

親分さんがいなくなったあと、お客さんたちの話題の中心はあの親分さんのことであった。

ちなみに、あの親分さんが『ヤーラッドの親分』と呼ばれているのは、この近辺のエリアがその昔ヤーラッド地区と呼ばれていた頃の名残《なご》りだそうだ。

今は区画整理で、ヤーラッドの地区名は消えてしまったみたい。

親分さんは、この地区で一番力がある自警団の親分であり、近年にいない若い親分さんでもあるそうだ。

「そうだお爺さん。アドバイスありがとうございました」

「いやなに、ある種の搦《から》め手《て》だが、この店にコフキがあったからこそ成立した作戦なのでな。よく仕入れていたものだ」

「お爺さんも一本注文していましたよね」

「この年になるとな。コフキのようなものを前菜代わりにちょいと食べて、人生の旅愁に浸る者も多い。ヤーラッドの親分は若いが、彼の人生は激動そのものであったはず。ああいうものを食べて過去を想《おも》い出す時間が必要なのだよ」

それだけ、親分さんは人生で苦労してきたわけね。

ぱっと見ただのお爺さんだけど、さすがは大商会の先代当主。人を見る能力が尋常じゃないわ。

そりゃあ、成功するわけだ。

「ヤーラッドの親分が気に入った店ならば、よほど世間知らずのバカでもなければ、もう誰もちょっかいをかけまい。これで安心して、ワシらもこの店に通えるというもの。女将、エールお代わりと、適当に串焼きを見繕ってくれ」

「大丈夫ですか？　お爺さん、そんなに食べて」

「コフキなんぞ、最初に一本食べればいい。人間はやはり美味しいものを食べてこそであろうて」

「それもそうですね」

今日はちょっとピンチだったけど、お爺さんのアドバイスによってそれを乗り越えることができた。

明日も頑張って料理を仕込まなければ。

「あれ？　親分さん？　……あと三下」

「今日は客として来ただけだ。若いのが多いから、串焼きをドンドン焼いてやってくれ」

なんと翌日、昨日の親分さんが数名の若い手下たちを連れて来店したのには驚きを隠せなかった。

彼が連れてきた若い衆たちは、面白いように沢山の串焼きを食べていく。

「よく食べるわね」

「みんな、育ち盛りだからな」

そんな若い衆の輪から離れ、一人エールをチビチビと飲みながら、ワイルドボアのレバ塩焼きを口にする親分さん。

「今日もコフキ、ありますよ」

「あれは、たまに食べるのがいいんだ。そんなに美味しいものではないからな」

「親分さんは、お爺さんと同じことを言いますね」

「お爺さん……ああ、ご隠居のことか。潰れかけた商会を立て直し、この国一番の商会に育て上げた立志伝的な人物で、貴族でもペコペコしている奴がいる凄い人を『お爺さん』とは、女将は度胸あるな」

「知らなかったんですよ」

「あのご隠居らしいが……一筋縄ではいかない人だな」

親分さんはひと目で一角の人物だとわかるのだけど、お店で酒とツマミを楽しむお爺さんは、本当にどこにでもいそうな優しいお爺さんに見えてしまうのだ。

だからこそ、逆に凄い人なんだろうけど。

「兄貴もこの店が気に入ったんすから、これも姐《ねえ》さんの凄さじゃないっすか？」

懸命に串焼きを食べていた昨日の三下君が、突然私を『姐さん』と呼び始めた。

私は居酒屋の店主で、任侠の世界の人じゃないんだけど……。

「姐さんって……あなたは、私よりも年上なんじゃないの？」

「いえ、オイラは十五歳っすけど」

「なんですと！」

この三下君、まさか私よりも年下だったなんて……。

年上だとばかり……。

「いや、でも……私の方が見た目は年下なのに、姐さん扱いって……」

「いやあ、オイラ感動したっすよ。兄貴にあそこまで面と向かって言える人なんて、初めて見たっす」

「そうだな。俺も久々に新鮮な体験をした。よしお前ら、今日は遠慮しないで沢山食えよ」

「「「へいっ！」」」

そうか。

三下……テリー君もそうだけど、若い子たちはみんな他に居場所がなくて、カタギの仕事にも就けず、そんな子たちを親分さんは面倒見ているわけか。

ショバ代を集めてこの子たちにこの地域の治安を守らせ、完全な犯罪者にならないようにしている。

一種のセーフティーネットというわけね。

暴対法がある日本では、決して理解してもらえない考え方なのだろうけど。

それにしてもよく食べるわね。

「「「「姐さん、ご馳走様《ちそうさま》でした！」」」」

お礼を言ってもらえるのは嬉《うれ》しいんだけど、姐さん呼ばわりはできればやめてほしい。

でも、テリー君以下は、以後私をずっと姐さんと呼ぶようになってしまった。

そこは残念だけど、格好いい親分さんが常連になってくれたのはよかったと思う。

女性は、少し影のあるいい男が好きなのよ。

第二話　タレの秘密

「ララちゃん、どう？」

「ユキコさん、美味しいです。ようやくショウユを使った『タレ』が完成しましたね」

「試作で予想以上に苦労したわ。ある程度量の確保も必要だったから、これまでは塩焼きしか出せなくて申し訳なかったもの」

「ユキコさんの故郷の調味料は、癖になる美味しさですね」


うちのお店の串焼きは塩が基本の味だったのだけど、このお店がオープンしてから一ヵ月ほど。オープン前から試作に試作を重ね、お店で出すには在庫も必要なので溜《た》めていた醬油《しょうゆ》ベースのタレが、ようやく完成したのだ。

味噌ダレも試作しているけど、味噌煮込みで使うから在庫が溜まらないのよね。

突然飛ばされた異世界で、どうやって私が味噌や醬油を手に入れたのか？

それは、私は指から味噌と醬油が出せるから。

いや、これは冗談ではなくて事実であった。

この世界に飛ばされた直後は、一日に十ミリリットル……味噌は固体なので十グラム……出すのが限界だったが、獲得した食料の調理に使って、狩猟採集生活の味気ない食事を改善するのにとて

も役に立った。

魔獣を倒しているうちに私は徐々に強くなっていき、それに連動して一日に出せる味噌と醬油の量は増えていった。

今は一日一リットル……味噌は一キログラム……は出せる。

そのため、店で出している魔獣のモツ煮込みは、すべて味噌ベースの味付けをしていた。

これに加え、ついに醬油ベースのタレもデビューするというわけだ。

「ちょっと甘いのもいいですね」

「醬油だけじゃなくて、甘味も入れているからね」

「甘味？　もしかして砂糖ですか？」

「まさか」

他の国や地域では知らないけど、この王都では砂糖は高級品であった。

当然うちのような大衆酒場が料理に使えるわけがなく、砂糖の代わりに『ハチミツ』を入れていたのだ。

「以前に何度か食べさせてくれたハチミツですか？　砂糖よりも貴重なのに……。そもそもお店で出せるほどハチミツを持っていたのですね」

「偶然ハチを沢山倒して、巣を探って、手に入ってしまったのよ」

「えっ！　そんなに沢山のハチミツを、ハニービーから手に入れたんですか⁉　危ないですよ、ユキコさん！」

「もう終わったことよ」

この世界に飛ばされ、人がいる場所を目指して北上していたところ、『ハニービー』という大きなミツバチの巣が沢山ある場所に多数遭遇した。

きっと大規模な生息地だったのね。

全長五十センチほどの巨大なミツバチの大群と死闘を繰り広げ、数えきれないほどのハニービーと、蜂の子、蜜蝋《みつろう》、ハチミツを入手したのであった。

おかげで定期的にララちゃんと甘味を楽しんでいたのだけど、今回はそれを用いてタレを作ったというわけ。

ハニービーという魔獣は一体一体は大して強くないけど、大群で襲ってくるので、毎年採取者に多くの犠牲者が出ると知ったのは、ハニービーの大規模な生息地を潜《くぐ》り抜《ぬ》けて王都に到着した、大分あとのことであった。

加えて、ハニービーは針にかなり強力な毒を持つと知ったのも王都に到着してからであった。

今は素直に反省して、今度採取する時には装備に気をつけようと思う。

ハニービーとハチミツの採取はやめないのかって？

ハチミツが無料で手に入るんだから、やめるわけないでしょう。

私も一応女性なので、定期的に摂取できる甘味は必須アイテムであった。

しかも蜜蝋で作った化粧品やリップクリーム、ハンドクリームも、水仕事や接客をする私とララちゃんには必要だものね。

「ララちゃん、今日から串焼きは、塩かタレか聞いてね」

「わかりました」


そして夕方、大衆居酒屋？（言う度にカテゴリーが変わっているような……）『ニホン』が、時間どおりにオープンし、多くの常連客と少数の一見客ですぐに一杯になってしまった。

「ご隠居、オイラは若いんで次もタレっすね」

「タレもいいが、ワシは肉の味をストレートに味わえる塩じゃな。ヤーラッドの親分は？」

「種類によりますね。一通り食べましたが、タンは塩、レバーはタレ。ものによって、塩の方がいいものと、タレがいいものとに分かれる」

「さすがは兄貴、違いのわかる男だ」

すっかりうちの常連になった親分さんは、よくテリー君はじめ若い衆を連れて店に来るようになっていた。

定番の席は、大商会の先代当主であったお爺さん、ブレンドルクさんの隣。

年齢や立場の違いはあるけど、気兼ねなく話しながら飲み食いできるのがいいようだ。

「しかし女将。このタレ、ハチミツを使ってあるようだが、コスト的に大丈夫なのか？」

「はい。前に沢山採ったので」

もう一つ、私にはおかしな特技があった。

それは『食料保存庫』と呼んでいるもので、私の特技であり魔導具ではない。

水、食料、調理器具なら別空間に無限に仕舞え、しかも腐ったり錆《さ》びたりしないという優れものであった。

そのため、今も大量のハチミツの在庫を持っていたのだ。

どうしてそんな特技が使えることがわかったのかといえば、突然この世界に飛ばされ、サバイバルをしながら他の生きている人間と出会うべく、魔獣の巣を北上していた時。

せっかく手に入れた大量の食材だが、持ち運べずに捨てる選択をしなければいけなくなってしまった。

典型的な日本人としては『勿体《もったい》ない』と思うばかりであり、『冷蔵庫か冷凍庫でもあればいいのに』と思った瞬間、捨てるしかなかった食材がどこかに消えてしまった。

同時に、私の脳裏に『食料保存庫』の情報が思い浮かび、私はこの特技を習得していた事実に気がついたわけだ。

冷蔵や冷凍はできないけど、『食料保存庫』に入れた食材は経年劣化しないので、解凍の手間も省けてかえってよかったという。

私はとりあえず狩猟採集で得たものを『食料保存庫』に仕舞い、空いた時間に使いやすいよう解体や下処理をするようになった。

そもそもどうして日本の女子高生に猟師みたいなことができるのか、多くの人たちは不思議に思うかもしれないけれど、それは私が田舎育ちで、生粋のお祖父《じい》ちゃん子だったからだ。

お祖父ちゃんはその田舎では最後の専業猟師と呼ばれていて、私は子供の頃から時間があればお祖父ちゃんの狩りに同行し、仕留めた獲物の解体を手伝ったり、食べられるものを採取したり、渓流で釣りをしたりしていた。

当然、食材の下処理や解体にも慣れていて、私がこの世界に飛ばされたのは、たまたま一人で山に入っていた時というのもあって、色々と道具を持っていたので助かったというのもあったのだ。

天国にいるお祖父ちゃん。

孫の由紀子《ゆきこ》は別の世界でも、お祖父ちゃんの教えを生かして元気に暮らしています。

「ハニービーを一人で仕留めるのか。女将は優秀な猟師でもあるんだな。もしくはハンターか？」

「親分さん、猟師とハンターの違いってなんなのですか？」

「そんなに厳密な差はないよ。大本のギルドも同じだしな」

「左様、この世界に多数生息する魔獣を倒すのがハンター、人々の日々の糧を得る仕事が猟師と、形式上は分かれているが、猟師でも強い魔獣を余裕で狩る者も多い。地方ではハンターという職自体に馴染《なじ》みが薄く、余計に差がないかな」

続けて、お爺さんが教えてくれた。

この世界の生物はすべて魔獣扱いであり、先ほどのハニービーも実は魔獣扱いであった。

畜産業がほぼないに等しいこの世界において、人々が肉や魚を得るためには魔獣を狩らなければいけない。

猟師でも、ハンターでも、そんなに差はないというわけね。

「親分さんもお爺さんも詳しいですね」

「自警団の仕事は弱いと舐《な》められるのでな。定期的に魔獣狩りをさせて若い連中を強化しているのさ」

魔獣を狩ると強くなる。

ＲＰＧみたいに経験値が入ってレベルが上がっているのだと思うけど、自分のレベルやステータスが確認できないので、どのくらい強くなったのかは、感覚的に把握しないといけない。

私も最初はビビって魔獣から逃げ回っていたら、偶然魔獣が自爆して気絶してしまい、トドメを刺したら体が軽くなって強くなった。

以後は少しずつ大きくて強い魔獣を狙う……そうは上手《うま》くいかなくて結局魔獣と死闘を繰り広げる羽目になったけどね。

でも罠《わな》を張って、かかった魔獣を木の棒にナイフをくくりつけて心臓を一撃なんてできるようにもなった。

そして一ヵ月もしたら、倒した獲物を簡単に担ぎあげて木に吊《つ》るせるようになり、自分がえらく怪力になったので驚いたものだ。

それでも親分さんに勝てるかどうかは……実戦経験が半端なさそうだから、私では勝てないわよね。

あっ、テリー君には絶対負けないけど。

「若い人たちの強化ですか？」

「才能が開花して、ハンターや猟師になってしまう奴もいるがな」

「それって、損じゃないですか？」

親分さんが自腹で面倒を見ている若い子たちが、自警団に入らずハンターや猟師になってしまったら、親分さんが持ち出した分が無駄になるような気がするのだ。

「それでいいのさ。食い詰めて俺のところに来た連中だが、他に向いている仕事があれば、俺は喜んで送り出す」

「兄貴、いつもそれを言いますね」

「テリーにもいつも言っているが、俺たちの仕事は、もうこれしか仕事がない奴がやる仕事だ。他にできる仕事があれば、そっちをやった方がいいんだ。それに、飯を食わせて、寝る場所を確保して、小遣いを出している程度だからな。さほどの出費ではないさ」

とはいえ、人数が多ければかなりの負担になるはず。

食い詰めて王都に流れ込んできた子供や若者を人身売買で売り飛ばしたり、悲惨な労働環境に置いて搾取したりする人たちも決して少なくないのだ。やっぱり親分さんは立派だと思う。

「それに、どうしてもこの仕事しかできない奴も一定数は出てしまう。俺は、そいつらを束ねれば仕事になるからな」

世界は変わっても、アウトローな仕事しかできない人もいるわけね。

「話を戻すが、若い連中を鍛えるためにハニービーの討伐をすることもあるってことさ」

「ハチミツはいいお金になりますからね。危険ですけど」

「うむ。砂糖も高価だが、それをさらに上回るのがハチミツだ。ワシも商会が潰れかけの頃は、自分でハニービーを倒し、ハチミツを採取して金を稼いだものさ」

「お爺さんも、ハンターだったんですね」

「本当に若い頃の話だがな。確かに自分で採取すれば無料か。しかし、女将一人でハニービーを狩るとは凄いな」

突然一人で異世界に飛ばされたので、一人で倒すしかなかったのだ。

無知とは怖いものである。

「さすがは姐さんだ。うちの自警団でハニービー狩りをする時には、完全武装で数十人でやるんすよ。親分くらいじゃないですか？　一人でハニービーの群れに対応できるのは。あれの針毒で死ぬ猟師やハンターも多いっすからね」

本当に、無知とは怖いものだ。

次からは、誰か誘って……ララちゃんは危ないから、今度は親分さんたちのハニービー狩りに同行させてもらおうかな？

「ハニービーは、じっくりと焼くと美味しいっすよね」

「脚の肉が美味しいのよね。あと、頭の中のミソも。在庫があるから焼いてあげようか？」

「欲しいっす」

テリー君の注文を受け、私は炭火でじっくりとハニービーを焼いた。

これも、針で刺されないよう所持品であった折り畳み式のスコップと、なぜか拾った大鍋を用いた二刀流で倒し続けたので、在庫は沢山あったりする。

「俺にもくれ！」

「俺も」

次第に焼きあがったハニービーから甘く香ばしい香りがしてくると、我先にと注文するお客さんが増えてきた。

ハニービーを炭火でじっくりと焼くと、ハチミツのような甘い香りと、この手のエビやカニに似た特有の香ばしい香りが合わさって、とてもいい匂いがしてくるのだ。

他のお客さんたちも、その匂いに抗《あらが》えなかったようね。

「このミソが甘くて美味しいんすよ。ねえ、兄貴」

「これを食べると、ハニービー狩りをしたくなってくるな」

「ですよね。新しい連中の強化もありますし、近いうちに計画しておこうかと思います」

「そうだな」

今日は、巨大蜂ハニービーの炭火焼きが沢山出て、これまでにない売り上げ高となったのであった。

第三話　人手不足

「女将も毎日大変だな。きちんと休めているのか？」

「親分さん、お気遣いありがとうございます。大変ではありますけど、ララちゃんと二人だと仕込める量に限りがあるので、限界を超えた無理はしていませんよ」

「そうだな。店は長く続けないといけないのだから無理はよくない」


幸運なことに、うちのお店はオープン以来ずっと満員に近い客の入りであったが、何分人手が少ないのでこれ以上の料理は仕込めず、今では品切れで入店を断ることもあって心苦しかったのだ。

とはいえ、あまり無理をして倒れでもしたら意味がないわけで、さてどうしようかと思っていたところに、親分さんが心配して声をかけてくれた。

最初はちょっと恐《こわ》かったけど、親分さん、格好よくて、優しくて最高。

でも、綺麗な奥さんとかいそうだよなぁ……。

「信用できる人手が必要か……」

「それに尽きますね」

募集をかければすぐに人は来るはずだけど、今の私の店は多くのライバルたちに注目されている。スパイなどを送り込まれかねず、簡単に人を採るのは危険というわけだ。

ララちゃんの安全にも責任を持つ身としては、変な人を採ってお店を混乱に陥れるわけにはいかなかった。

「人手か……」

「親分さん、心当たりがあるんですか？」

親分さんなら顔が広そうだから、なんとかしてくれるかもしれないわ。

「なくはない。わかった、一人紹介しよう」

今日は一人でお店に来た親分さんは、必ず頼むワイルドボアのレバ焼きのタレ味を食べきると、お勘定を置いて店をあとにした。

「ユキコさん、親分さんが紹介してくれる人って、どんな人なんでしょうね？」

「想像つかないなぁ……」

「ですよね」

親分さんが紹介する人かぁ……。

どんな人なのか、ちょっと気になってきたわ。


「ご覧のとおり若い男だから、力仕事も任せればいい」

「初めまして、ボンタと申します」

翌日のお昼頃、昼食後に仕込みを始めようとしたところ、約束どおり親分さんが新しい人を連れ

てきてくれた。

年齢は十五〜六歳くらいだと思う。

童顔で色白だけどかなりの巨体で、ご飯をとても美味しく食べそうな少年ね。

「こいつも、俺が拾って面倒を見ていたんだ」

「この子もですか？」

「(ユキコさん、この人、あきらかに自警団員には向いていませんよね？)」

私も、ララちゃんが小声で言うとおりだと思った。

この少年、体はとても大きいのだが、太っているというよりも、筋肉質でガタイがいいといった感じだ。

決して弱そうには見えないのに、どう見ても親分さんのような任侠さんには向いていないように見えてしまう。

「二人が思ったとおりさ。ボンタは自警団員には向いていないが、これでもかなり器用でな。今うちで若い連中に料理を作っているのはこいつだから、ここで働いて腕を磨くのがいいと判断したわけだ」

直感的に、この子が料理を作ると美味しそうだと思った。そういうのも料理人として素晴らしい才能の一つだよね。

「えっ、僕が調理人としてここで働くのですか？　でも、僕は親分に拾っていただいた恩をまだ返せていません」

「……親分さん、本当にこの子は向いてないんですね」

「だろう？」

任侠の世界は義理と人情だとよく言うが、実際にはそうではない。

そうではないから、殊更義理と人情を表看板に出すわけで、その建前を本気にしているボンタ君は、決して親分さんのようにはなれないというわけだ。

「ボンタ、そんなことは気にしなくていい。俺はお前になにか光るものを感じたから拾ったんだ。王都に流れてくる全員を拾えるほど、俺の懐は広くないからな」

親分さんも、王都に流れてきた若者全員を拾っているわけではない。

なにかしら才能がありそうで助けておけば自立できる者か、ここで拾って自警団に入れておかないと、将来犯罪に手を染めてしまいそうな者。

そういう子たちを選んで拾っているというわけ。

それでも、親分さんのおかげで救われた若者たちも多いはずなので、やっぱり親分さんは凄いと思う。

「お前、うちで飯作る時は楽しそうだよな」

「ええ、料理は大好きなので」

「あえてお前に言っておくが、お前は俺たちの世界にまったく向いていない。下手に拘《こだわ》ると、確実に早死にするだろう」

「僕、そんなに自警団員に向いていないですか？」

「その年で、自分を『僕』なんて言う奴はな。この世界、舐められたら終わりだからな」

確かに、一人称が『僕』の任侠さんってどうかと思う。

親分さんでなくても、ボンタ君が自警団員に向いていないと思うのは当然というか……。

「だからだ。今のうちにここで働いて修業しな。将来、お前が独立して店を出し、うちにショバ代を納めてくれるようになれば、それが俺に対する一番の恩返しだぜ。俺個人にとってもお気に入りの店が増えることになるからな」

「親分……」

「いいか！　ここで懸命に働いて一人前の料理人になるんだぞ。そして、二度と自警団に戻ろうなんて思うな。わかったか？」

二度と自警団に戻ってくるなと、親分さんはボンタ君に厳しい口調で忠告した。

ここで潔く、可愛がっていた若い子を突き放せるなんて……やっぱり親分さんは優しいと思う。

「はいっ！　必ず一人前の料理人になって独立し、親分に食べに来てもらえるように頑張ります」

「よし！　今から働け！」

「お世話になりました、親分！」


こうして、うちのお店にボンタ君という見習い料理人が入った。

彼は優しい性格をしているようだけど、体が大きく力もあるので、用心棒代わりというのもあるのだと思う。

親分さんはやっぱり優しいなと、改めて思う私であった。


「なるほど。それで彼が入ったわけか」

お爺さんが、ボンタ君の巨体を見あげた。

「親分さん推薦の新人君です」

「ボンタって言います。どうぞご贔屓《ひいき》に」

新しく入ったボンタ君だけど、新入りにしては仕込みでも調理でも初日から大いに戦力となってくれた。

親分さんの言うとおり、自警団に入る以前からかなりの調理経験があるみたい。

過去になにかあって王都に流れ着いたようなので、それは詮索しないのがマナーというか、いつか彼から話してくれるかもしれない、と思うことにしよう。

とにかく、ボンタ君のおかげで仕込める料理の量が増えたので、早めの品切れを心配しないで済むようになったのはよかったと思う。

「早めに料理が売り切れにならなくなったのはよかったではないか。ワシはいつも早く来るから問題ないが、遅い客たちが可哀想だったからの」

「ボンタ君がいると、沢山仕込めるんですよ」

仕込める串焼きの数も大幅に増えた。

ボンタ君は体が大きいのに手先が器用で、次々と肉を串に刺してくれるからだ。

味噌煮込みも大きい鍋が取り扱えるようになり、一度に沢山作れて、味も安定させやすくなった。

カレーが、大きな鍋で一度に沢山作った方が美味しいのはよく知られていることで、当然煮込み料理もその法則が当てはまるというわけ。

そしてなにより……。

「けっ！　シケた店だな！」

「姉ちゃん！　酌しろや！」

ここですかさずボンタ君が一言。

「お客さん、ここはそういうお店ではないんですよ。静かに飲めないのなら、そのままお引き取りください」

「「はいっ！」」

場所柄、どうしても定期的にガラの悪い客が来ることが避けられないのだけど、ボンタ君の巨体を見た途端、すごすごと引き上げるようになってくれた。

ボンタ君自身はとても温和で優しい子なんだけど、その巨体にビビる人が多かったのだ。

親分さんが、彼を拾って面倒を見た気持ちがわかるというか。

「ボンタ君は、このお店に馴染めそうでよかったではないか」

「はい、とてもよく働いてくれますので、いつか独立させてあげたいですね」

「腕もいいようだからな。そう遠い話でもないじゃろう」

「はい」

お爺さんも、ボンタ君なら将来独立できると太鼓判を押してくれた。

とはいえ暫《しばら》くは、なるべく多くの料理を仕込めるよう貢献してもらうとしよう。

「僕、このお店に入れてよかったです。勉強になりますし、女将さんは優しくて、まるでお母さんみたいで」

「……いっ！　お母さん？」

私、ボンタ君よりも一つしか年上じゃない……。

ボンタ君は見た目どおり（顔のみ）十五歳だったから、私は姉くらいじゃないの？

というか、奥さんの方が一歳年上の夫婦なんて珍しくもないのに、私がお母さん？

「まあその……女将は若いのにしっかりしているからだな。包容力のある女性は、きっと男性にモテる。ワシが保証するぞ。ワシもあと五十年若ければな」

「……お爺さん、それ本気で言っています？」

「エールのお代わりと、ロースを塩で！」

「誤魔化された！」

人手不足はある程度解決したけど、まだ十六歳の私が『お母さん』呼ばわりなのには納得いかない。

私だって、いつか普通に結婚とかしたいわけで……。

はたして、私の白馬の王子様はどこにいるのかしら？

第四話　看板娘のララ

「はっ！　夢か……」


ユキコさんと出会ってから見ていなかった夢を、久しぶりに見た。

とはいっても、ほんの数ヵ月前の出来事だ。

どこにでもいそうな、田舎の農村に住んでいる少女であった私は、お母さんに頼まれて少し離れた町に買い物に出かけた。

そして頼まれたものを買って村に戻ったら……村は滅んでいた。

魔猿《まえん》と呼ばれる、マジックエイプという名の魔獣たちによって。

たまたま村の外に買い物に出ていた私だけが生き残ってしまったのだ。

マジックエイプは数十匹単位の群れで移動し、時おり人間の住む場所を襲撃する。

雑食で人間の肉も食べるそうで、だから人間を襲うのだ。

知恵もあるため、マジックエイプは人が多く住む町には近づかない。

そこには、自分たちを狩れるハンターや猟師が沢山いることを知っているからだ。

姑息《こそく》にも、人が少なく、応援を呼ぶのに時間がかかる地方の農村を襲うというわけだ。

そのため、毎年いくつかの村で被害が出たり、私の村のように滅ぶところもあった。

こうして私の故郷の村は全滅し、私は家族も知人も失って一人きりになってしまった。

一人では農村の復興は不可能であり、領主様は滅んだ村に新たに人を送り込んでそれで終わりだ。

食い詰めている人や、別の農村で土地を持てない次男・三男以下の人たちがすぐに送り込まれ、唯一残った前の住民である私は邪魔者にされてしまった。

まるで追い出されるように村を離れ、途中、野草、木の実、昆虫、小動物、魚などをとって飢えをしのぎながら王都に流れ着いた。

ところが、王都には私のような人間が多数いて、働き場所を得ることすらできなかった。

お母さんから家事の類は教わっていたけど、身寄りのない余所者《よそもの》なんて誰も家政婦として雇ってはくれない。

あとは色街に身を落とすしかないのだが、それは嫌だったので、王都の外で狩猟採集をしてハンター生活をしていたのだ。

そこに、ユキコさんが現れた。

彼女は私と同じように狩猟採集生活をしながら、なんとあの『死の森』の中心部から王都に辿り着いたらしい。

『死の森』には強い魔獣が多数生息し、昔は死刑代わりに犯罪者を追放していたくらい危険な場所だというのに、ユキコさんはそこで半年もかけてたった一人で北上してきたというのだ。

私とそれほど年齢も違わないのに、ユキコさんの逞しさにはただ驚かされるばかりであった。

私がユキコさんに王都の事情を説明した縁と、女同士ということもあって仲良くなり、すぐにパーティを組んで共に行動するようになっていった。

ユキコさんはただ逞しいだけでなく、女性としても魅力的だ。

私もお母さんから鍛えられていたので料理などには自信があったのだけど、ユキコさんはさらに上手だった。

私が見たことも聞いたこともない美味しい料理を沢山作ってくれて、その味にただ感動するばかりであった。

『私、お店をやるわ！』

魔獣を狩り、食材を採取し、食べる分と備蓄分以外はお店に卸すようになったユキコさんは、王都に来てから数ヵ月ほどで貯金が目標額に達したからと、自分のお店を開くことを宣言した。

同じような境遇にあって、ユキコさんは新しい第二の人生を歩み、私はまた一人での狩猟採集生活に逆戻りかと思ったら寂しくなってしまった。

でも、優しいユキコさんは私を見捨てなかった。

『ララちゃん、私の店で看板娘をやらない？』

『私がですか？』

意外だった。

ユキコさんも私と同じく、王都に家族・知人が一人もいない境遇だけど、お店のオーナーになるのだ。

王都で身元がしっかりしている人を雇えばいいのに、私を雇ってくれるだなんて。

私は嬉しくて涙が出そうだった。

『でも、どうしてですか？』

『この数ヵ月。私と楽しくやってこれたってことは、ララちゃんは信用できる人ってこと。少なくとも私はそう考えているわ。故郷でご家族を亡くしたあと、一人で王都に辿り着いてハンターをしていたから根性もある。お店を成功させるには優秀な人材が必要で、ララちゃんと条件が合致していると思うの』

深く考えての行動ではなかった。

懸命に王都に辿り着いたのは、王都なら少女一人でも生きていけるだろうと、漠然と考えたから。

そして私には、一つ大切な目標があった。

不運にも、魔獣の襲撃で若くして命を落としてしまった両親や弟と妹の分も合わせて、私は長生きして幸せになると誓ったのだから。

『私、頑張ります！』

『よろしくね、ララちゃん』

こうして私は、ユキコさんのお店で働くことになった。

私はすぐにお客さんたちからお店の看板娘だと認められ、ユキコさんの思惑どおりとなったわけだけど、一つだけ上手くいかなかったこともあった。

それは……。

『おかしい……実は、二枚看板娘で行く予定だったのに……』

ユキコさんは若いし、肌も羨ましいくらい白くて綺麗なのだけど、すぐにお客さんたちから『女将』と呼ばれるようになってしまった。

女一人でお店を立ち上げた度胸の持ち主なので、それは仕方がないというか……。

お店のオープンに合わせて、ユキコさんは『せーらーふく』という故郷の民族衣装をオーダーメイドで新調したというのに、まったく効果がなかったのだ。

『せーらーふく、とてもよく似合ってますよ』

『そう言ってくれるのは、ララちゃんだけよ』

ユキコさんはかなり不満なようだけど、彼女の場合なにを着ても女将になってしまう。

という事実は口にしない方がいいのかもしれない。


「う―――ん、昔のことを夢見ていたような……言っても、そんなに昔のことでもないけど」

朝、私は古い大きなベッドの上で目を覚ました。

借りている部屋に備え付けられていた、大きいがとても古いベッドで、一本足が折れていたのだけど、ユキコさんが『新しいのを買うのは勿体ない！』と自分で修理したものだ。

私とユキコさんは、大衆酒場『ニホン』がある建物の二階に住んでいる。

別々に部屋を借りるとお金がかかるので、少なくともお店の経営が軌道に乗るまではと、二人で同じ部屋に住み、家具に回すお金も節約して同じベッドで寝ていたのだ。

ユキコさんは『狭くて申し訳ない』と言っていたけど、私からすればノープロブレム！　むしろ、ユキコさんと一緒に寝られるなんて歓喜の嵐であった。

ふと隣を見ると、ユキコさんがスヤスヤと寝息を立てながら眠っていた。

親分さん相手にも退かなかった時のイメージからか、一部常連さんが『女将は、もの凄《すご》いイキビをかくかもしれない』とか変な噂が流れていたけど、ユキコさんの寝息は静かで、その寝顔はそれは可愛いものだ。

この可愛い寝顔を独占できるなんて、私はなんてラッキーなんだろう。

これまでの私が気がつけなかった新しい性癖が……いやいやいやいや！　私は普通にお嫁さんになりたいですし！

ウェディングドレス姿の私の隣には、タキシード姿のユキコさんが……じゃなくて！

今は、この幸せな時を楽しむとしますか。

と思ったのだけど、もう起床の時間だった。

「うへ？　どうしたの？　ララちゃん」

「いえ、久しぶりに昔のことを夢で見まして」

「ララちゃん、大丈夫？」

ユキコさんは私の境遇を知っているから、昔のことを思い出したと言ったらとても心配してくれた。

家族全員を失ってまだ数ヵ月しか経《た》っていないけど、不思議となにも手につかないほど悲しいということはなかった。

王都に流れて来るまでは生き延びるのに精一杯でそれどころではなく、王都に到着してからは、ユキコさんと一緒に楽しく過ごせたからだと思う。

だから私は、これからも大衆酒場『ニホン』の看板娘として頑張っていこうと思う。

天国のお父さん、お母さん、妹のミレ、弟のバックス。

私は今、とても幸せです！

「私は家族を失いましたけど、ユキコさんがお母さんみたいだから大丈夫です」

「っ！」

ユキコさんを心配させないように言ったつもりだったのだけど、先日のボンタさんと同じく、私はユキコさんの機嫌を思いっきり損ねてしまったようだ。


起床後の朝食が、今日はえらく質素でした。

第五話　変なイケメン

「え――、開店までの作業は昨日までと特に変わらずです。ただ、一つ」


私のお店では、昼食後から仕込みが始まる。

いくつか日本で見かけた居酒屋のように昼営業はしていなかった。

仕事量が増える割に儲からないし、利益率も落ちるし、とにかく人手が足りないからだ。

今のところは店の経営も順調なので、でももし悪化したら考えるかもしれないけど。

私の店では、仕込みの前に朝礼というか、軽いミーティングのようなものを行っている。

『衛生管理に気をつけて』とか、『今日はこの料理を大量に仕込んで』とか、数分で終わる程度のものだけど、今日は言わずにいられない大切なことがあった。

たとえそれが、実は調理経験者で手先も器用であり、即戦力であったボンタ君だとしても、看板娘としてよく働いてくれる、ピンク色のボブカットと私よりも低い身長、でも胸は意外とある可愛らしい妹分のララちゃんだとしても、言わずにいられないこと。

私はこの店のオーナーとして、従業員たちを管理する立場の人間として、心を鬼にして言わなければいけないのだ。


「え――、ボンタ君も、ララちゃんも、私をお母さん的なイメージで捉えるケースが散見されますが、私はまだ十六歳なので、『それは間違っている！』と、声を大にして言います！　せめて、お姉さんではないかと！」

「女将さん、僕のお母さんは、十六歳の頃にはお母さんでしたよ」

「でもね、ボンタ君。十六歳だった頃のボンタ君のお母さんには、ボンタ君のような大きい息子はいなかったはずよ」

　さすがは異世界。

　十六歳のお母さんなんて珍しくもないわけか。

　でも私は、晩婚化が進む日本の女性。

　だから、私が十六歳で結婚していなくても別に変じゃない。

　でも、なんでもこの世界の常識に合わせるのはよくないわけで、私はあくまでも日本の常識に合わせる方向で行くわよ。

　そう、私はただ周囲の空気に流される女ではないのだ！

「女性に母性があるっていうのは、褒め言葉だと思うんですけどね……」

　色々と話してみたんだけど、ボンタ君って思っていたよりも育ちがいいみたい。

　私の発言に、こうも上手く言い返してくるのだから。

　ある程度の教育を受けていたとか……実際、帳簿とかもつけられるし。

「私が結婚してたら、そういうのも悪くないわね。あくまでも、結婚してたらだけど」

　しかし、その相手も予定もないという。

自分で言っていて悲しくなってきた。

「とにかく、私はお母さんじゃないので。では、いつもどおり作業を始めてください」

「「はい」」

長々と朝礼なんてしても時間の無駄なので、早速仕込みの作業に入ることにした。

大鍋で味噌味のモツ煮込みを作りつつ、切り分けた肉や内臓を串に刺していく。

「ボンタさんが来て仕込む量が大幅に増えたのに、まだ不足気味ってのが凄いですね」

「仕込む量は増えたけど、またお客さんが増えてしまって……つまりエンドレスなのよ。ボンタ君が入ってくれて助かったわ」

ボンタ君を紹介してくれた親分さんには、本当に感謝しないと。

でも、仕込む量が増えたのが周囲に知れ渡り、さらにお客さんが増えて売り切れる時間が少し延びただけという結果に落ち着いてしまったのは、ある意味予想外だったけど。

「親分さんは、人を見る目があるわよね」

「僕も親分には感謝しかないですけど、実は僕を推薦したのには他の理由もあると思うんですよ……。前に、夜遅くにこの店に来たらなにも食べるものがなくて、あとでもの凄く不機嫌だったんです」

そういえば、前にあったわね。

夜遅くにお店に来たら、もうモロキュウしか残っていなくて、親分さんが無表情でモロキュウを食べながらエールをチビチビと飲んでいたっけ。

無表情だったのは、あからさまに不機嫌になると他のお客さんが怖がるからであろう。

親分さんは、そういう配慮ができる大人の男性なのよね。

「『ボンタ、お前がいれば沢山仕込めるよな?』って、聞かれましたもん」

それは正解だったのだけど、すぐにお客さんが増えて、親分さんが思っていたほどの効果がなかったという。

「だからでしょうね。最近、親分がこの店に来るの早いじゃないですか」

「そう言われるとそうね」

ほとんど遅い時間に来なくなったから、親分さんも自分で対策したみたいね。

親分さんが特に大好きな、レバータレと、塩タンは売り切れるのが早いから。

「さて、こんなものね。開店前の一休み」

仕込みが一段落し、開店後は忙しくなるので、うちの店では開店前に長めに休憩を取ることにしている。

「スジ煮込みも美味しいですね」

「ショウユ仕立てでも美味しいです」

まだお店では出していない、魔獣のスジ肉を醤油仕立てで長時間煮込んだものを賄《まかな》いで二人に出したのだけど、とても好評であった。

すぐに商品化してもいいのだけど、やはりここで問題になるのは人手よね。

モツの味噌煮込みを大鍋で作るようにしたら、スジ煮込みを作る人手と時間がない。

火の管理の問題もあるし、このお店、賃料は安いけど調理場がかなり狭いから。

「女将さん、そのうちもうちょっと広い店舗に移るっていう選択肢も出てきますね」

「そうね」

「移転した方が沢山料理を仕込みやすいですし、調理時の安全面の確保も容易になります。火を扱っていますからね」

ボンタ君、やっぱり飲食店で働いていた経験があるみたい。

調理のみならず、お店の運営にも詳しいから。

「もう少し資金を貯《た》めてからよね」

「人手の問題もありますよ」

「むしろ、そっちの問題の方が大きいわね」

今の倍の広さの店に移転したとして、新しい人が最低あと三人は必要になるわね。

よくわからない人を採ると強盗の手引きをされてしまうなんてよくあるそうで、だから下手に人を採るとかえって不利益を被るのだ。

そんな話をしながら休憩していると、突然店内に一人の男性が入ってきた。

『仕度中』の札を下げているんだけどなぁ……。

「お客さん、まだ開店時間じゃないですよ」

「俺様、客じゃないから！　俺様は、この店の主であるユキコに用事があって来たんだよ」

突然なに？

この人。

いきなり、初対面の私の名前を呼び捨てにするなんて……。

しかも一人称が『俺様』って、随分と偉そう。

見た感じは線の細いイケメンで、着ている服も大変高価なようだけど、貴族には見えない。

お金持ちのボンボン。

この世界だと、大商会の跡取りとか一族の子弟だと思う。

見た目は上品なイケメンなのに、その言動のせいで世間知らずのバカにしか見えなかった。

親分さんの十分の一でも、落ち着きを持った方がいいと思う。

「この店の店主は私ですけど……」

「お前か！　この店の女将は。ようし、俺様が嫁に貰ってやる！　一緒に店を盛り立てようぜ！

すぐに沢山支店を出すことになるから、忙しくなるぞ！」

「はあ？」

この人なんなの？

いきなり人に求婚してきて。

しかも、無駄に偉そうで腹が立つ。

この根拠のない自信家ぶりと、無礼な態度で、知り合いになるのも嫌なタイプにしか見えないというのに……。

どうして私がこの人と……いやコイツでいいか……コイツと結婚なんてしなければいけないわ

け？

「どうやら誰かと間違っているようですね。お引き取りを」

「おいおい、つれないな。今から俺様とユキコのサクセスストーリーが始まるんだぜ」

いや、コイツと組んだら、人生をずっと転落していきそうな予感しかないんだけど……。

「あんたなんていなくても、むしろいない方がユキコさんは成功しそうだけど」

「ララさんの言うとおりだな。たまにいるよなぁ……こういう根拠のない自信に満《み》ち溢《あふ》れているバカって。それに気がつかないからバカなんだけど」

ララちゃんも、ボンタ君も……特にボンタ君は結構辛辣だな。

きっと、親分さんという本物の男を見ているから、余計に彼が軽薄な、口だけの男に見えてしまうんだろうな。

テリー君だって、そこまで悪く言われないと思うのだけど。

「お前たちは邪魔だ！　俺様を誰だと思ってるんだ！」

「誰ですか？」

「誰？」

「あがっ」

「ははは、二人とも最高！」

わざとではないと思うけど、ララちゃんとボンタ君のツッコミが的確で、私はつい笑ってしまった。

貴族の子弟相手ならこの二人も弁《わきま》えるのだろうけど、彼は貴族ではないだろうから。

そもそもちゃんとした貴族が、高価なだけの服なんて着ないしね。

「無知とは怖いものだな。聞いて驚くがいい！　俺様は、あのスターブラッド商会現当主の四男である……」

「ミルコ、なにをしておる？」

変なお兄さんとやり取りをしている間に、開店時間になってしまったようだ。

来店する時には必ず開店直後に入って来る、お爺さんが姿を見せた。

「えっ？　お祖父様？」

「『お祖父様』ですか？」

「いかにも。ワシの孫のミルコだ」

そういえば、最初はいきなり私の名前を呼び捨てにしたり、一人称が俺様で偉そうだったけど、お爺さんを見た途端『お祖父様』だからなぁ……。

実の祖父相手とはいえ、スターブラッド商会先代当主の凄みにビビったわけね。

とりあえず、育ちがお坊ちゃまなのは理解できたわ。

「ミルコ、お前はなにをしているのだ？」

「いえね、そのぉ……友達と待ち合わせをしていたんだけど、店を間違えたかな？　では、お祖父様、僕はこれで！」

「僕って……俺様、どこですか？」

ララちゃん、それは私も思った。

お爺さんに問い詰められると、入る店を間違えたと言って、脱兎《だっと》の如《ごと》く逃げ去ってしまう軽薄そうなミルコという青年。

そんな彼の後ろ姿を見送りながら、お爺さんは盛大にため息をついたのであった。


「あれは……ミルコは、ワシの不肖の孫でな……」

軽薄そうなミルコ青年が去ったあと、私たちに事情を聞いてきたお爺《じい》さんに先ほどの出来事を話すと、またもため息をつきながら彼のことを話してくれた。

「ワシは、かつて潰れそうな商会を立て直した。一代で潰れるのもどうかと思ったので、後継者である一人息子への教育も怠らなかった」

確かに、お爺さんが引退してからすぐに潰れてしまったら、なんのために苦労して商会を立て直したのだという話になってしまう。

お爺さんは、現当主である息子さんも厳しく教育したそうだ。

「その結果、まあ後継者としては及第点を与えられるであろう当主に成長した。ゆえに、ワシも安心して隠居しているわけだ。息子は、孫たちの教育も厳しく行ったのだが……」

四人の孫のうち、長男から三男までは自ら新しい事業を立ち上げるなど、期待の若手商人として育ってくれた。

ところが、四男のミルコ……あの軽薄そうな青年のことだ……だけはなにをしても駄目で、試しに資金を与えて小商いをさせても失敗してしまう。

次第に父親や兄たちからも疎まれ、今ではああいう服装と言動で、王都を遊び回っているそうだ。

「ミルコはなにか商売で一山当てて、父や兄たちを見返したいのであろう。だが、地に足がついておらぬ」

どう見ても、地道にってタイプには見えないわね。

常に一発逆転を狙い、一度も当てないまま人生を終えそうなタイプだ。

「でもご隠居、お孫さんはうちの女将さんに目をつけましたよ。儲かりそうなことを嗅ぎ分ける能力はあるのでは？」

「そうかもしれないが、商売では目利き以外に、人並み以上の正しい努力や苦労もしなければ成功しない。女将が、このお店で手を抜いていると思う者はおるまい？」

「そうですね。女将さんは決して手を抜きません」

私は、ボンタ君から随分と評価されているようだ。

「あいつは、常にああなのだ。目はつけるが、そのあとが駄目だ」

いくら儲かりそうな商売を先に嗅ぎ分ける才能があっても、努力を怠り、私の婿に収まって楽に成功しようと考えるのが駄目ってわけか。

中途半端に頭がいいものだから、かえって楽できそうな手を思いついてしまうのかも。

「孫は難しいの。子ほど厳しくできないのでな」

孫に甘い祖父母というのは、どこの世界にもいるというわけね。

お爺さんは、不肖の孫になんとか自立してもらいたい。

だけど、肝心の孫の方は楽して儲けようとばかり考えている。

優秀な兄たちに対抗すべく、一発逆転の大物手ばかり狙って、さらに失敗を重ねているわけか。

「たとえ無能でも、大人しくしておればのぉ……」

無能でも無害なら、スターブラッド商会で適当な役職に就けてしまえば問題はない。

でも、ああして思いつきで商売を始めようとしたり、実際に起業して失敗ばかりしているので、将来あの人がスターブラッド商会の蟻《あり》の一穴になるかもしれず。

お爺さんはそれが心配なのね。

「時に女将、女将の祖父殿は？」

「一年ほど前に亡くなりました。もう九十歳近かったので……」

死ぬ直前まで、お祖父ちゃんは現役の猟師であり続けた。

私のお父さんは末っ子で、一番上の伯父とは親子ほどの年齢差があり、一番年下の孫である私をお祖父ちゃんは可愛がってくれた。

子供の頃からよく猟に連れて行ってくれて、私が興味を持つときっちりと教えてくれた。

だから私は、獲物の処理や解体もお手のものだったのだ。

魔獣で体はちょっと大きいけど、猪、牛、馬、ウサギなど、日本にいる動物と身体構造も見た目も味も、あまり違いがなかったからね。

他にも、猟師は獲物を待つため、山で一晩を明かすことも必要だとかで、キャンプというか野営の技術も教えてもらった。

私が異世界に飛ばされても、半年もの間サバイバルできたのはお祖父ちゃんのおかげだったというわけだ。

お祖父ちゃんは亡くなる前日まで猟に出ていて、翌日、目を覚まさなかったので家中が大騒ぎになった。

私はお祖父ちゃんが死ぬとは思っていなかったのでお葬式の時はずっと悲しくて泣いていたけど、今ではこう思うのだ。

お祖父ちゃんらしい見事な大往生で、猟師としての人生をまっとうした凄い人なのだと。

そして、お祖父ちゃんの教えは私の中に生きている。

私がそう話すと、お爺さんは頷《うなず》いた。

「いい祖父殿であったのだな」

「はい」

「ワシは駄目だ……なにか不都合があるとワシの名を出すバカな孫だが、それでも可愛い孫ではあり、どうしても甘くなってしまう」

気持ちはわかる……いまだ結婚していない私に、孫に対する気持ちなんて想像の範囲内でしかないけど。

「スターブラッド商会の名など気にせず、自分なりに自立してくれればいいのだが……」

「それは難しいのでは？」

人は生まれを選べない。

ミルコ青年は、どこでなにをしてもスターブラッド家の人間として扱われてしまう。

だから、あんな風な態度を取ってしまうというのもあるのだろうから。

「女将、一つ頼まれてくれないか？」

「できることなら」

「暫く一人従業員として預かってくれないだろうか。ビシバシ鍛えてやってほしい。飯だけ食わせて無料働きでいいので頼む」

従業員、もちろんミルコ青年のことだ。食事だけで給金はいらないということは、鍛えなおしてほしいってことかしら？

「わかりました」

ミルコ青年が役に立つのかわからないし、私を女だと侮っておかしな真似をしてくるかもしれないが、彼に負けることはないだろう。

それに、親分さんが初めてお店を訪れた時に、助け船を出してくれた恩もある。

恩を返す時が来たと、彼の依頼でミルコ青年を預かることにしたのであった。

「ユキコ、俺様の妻になり、この店を多角展開する覚悟ができたようだな」

「残念ですが、支店を出すことについては、将来はともかく、現時点ではまったくありません。私は、地に足がついた商売をしているので」

「商売はスピードだぜ」

「それは理解はしているわ」

確かに、商売においてスピードが大きな武器になるケースが多い。

でも私は、この世界でスターブラッド商会のように大きな人脈やコネを持っているわけではない。

規模拡張は慎重に。

ここは、日本とは違う世界なのだから。

銀行がお金を貸してくれるわけないしね。

その前に、この世界に銀行はないけど。

それに、飲食店は人材が命。

ポンポンと新しいお店を増やしたところで、サービスの質が悪ければすぐにお客さんが来なくなって潰れてしまう。

私にしかないアドバンテージを最大限利用し、暫くは地力を蓄えなければ。

彼はそういうことがまったくわかっていないから、お爺さんはミルコ青年に呆《あき》れていたのだと思う。

「これを見て」

「愛のラブレターかな？」

「なわけないでしょう。愛の手紙なのは事実ね。お祖父さんからだけどね」

いきなりこの店で一店員として働けと言っても、ミルコ青年が反抗するかもしれないので、事前にお爺さんから『ここで働け！　拒否は許さない！　もし拒否すれば勘当する！』という手紙を貰っていたのだ。

お爺さんは隠居したとはいえ、いまだスターブラッド商会において大きな力を持っている。

ミルコ青年が逆らえる相手ではなかった。

「俺様が、この店で従業員として働く？　スターブラッド家の俺様が？」

「ああ、ここではスターブラッドの名を名乗るのは禁止ね。手紙に書いてあるから」

「本当に？　……うわっ、本当に書いてあるよ！」

「別に拒否してもいいけど、あなた、本当に今日からスターブラッド家の人間じゃなくなってしまうわよ。それでいいのなら、私は止めないけどね」

「そんなぁ……あっ！」

「なにかよからぬことを思いついたようだけど、それはやめた方が賢明ね」

そう言うと、私は薪として購入した太い木の枝を膝蹴りで真っ二つにした。

続けて空中に放り投げ、二つになった木の枝を包丁で細かく斬り刻んでいく。

薪を割るついでに、ミルコ青年に警告しておいたのだ。

よからぬことを考えると、あなたもこうなるわよと。

その光景を見たミルコ青年は唖然《あぜん》としていた。

貞操の危機を感じるほどミルコ青年の方が強かったら、私もこんな依頼は引き受けないわよ。お爺さんも頼まなかったはず。

「それと、ボンタ君も見た目どおりかなり強いからね。変なことして怪我《けが》しないでね」

親分さんが見込んで面倒見ていたくらいだし、ボンタ君は人を傷つけるのは嫌な性分だけど、ハンターや猟師としても結構やるのよね。

おかしな客が来ると、見た目どおりの迫力と、ひと睨《にら》みで追い出してしまうくらいだし。

親分さんの下にいた頃、よく狩猟をしていて、かなりの戦力になったとも聞いていた。

今度のお休みに、ボンタ君も狩猟に誘おうかな？

「ララちゃんにも手を出さないでね。お爺さんから殺さなければなにをしてもいいって言われているから、それ相応の覚悟があるのならいいけど」

これは嘘《うそ》だけどね。

言うことを聞かなかったら、少しくらいなら痛めつけてもいいとは言われていたけど。

「ははっ！　ユキコはこの身寄りのない王都で、暴力的で程度の低い酔客の相手をしているから、自分の身を守るため強気な態度を崩さないんだね。でも安心してくれ。俺様がいるから」

ある意味、ちょっと笑えるくらいのバカなのかな？

この人は。

さっき私が見せつけた強さをもう忘れている。

それに、この店はおかしな客は私たちと常連客たちで強制排除なので、店がある場所にしては品のいい店として有名になりつつあるのだけど。

そもそも、あなたのお祖父さんも常連じゃないの。

「こう見えて、俺様も子供の頃から結構鍛えているから。なにしろ俺様は、スターブラッド家の人間だから」

この世界、魔獣を倒すと強くなるので、金持ちや上流階級に属する人たちの中には、有名なハンターを家庭教師役にして魔獣を狩らせる家も多かった。

特に、代々軍人家系である貴族や王族などは、物心つく頃から魔獣狩りをして体を鍛えている。

私も狩猟場でそういう光景を見たことがあるし。

ミルコ青年もスターブラッド家の人間なので、それなりに鍛えているというわけか。

見た感じは、非常に弱そうだけどね。

「さっきユキコがやったようなことは俺様にもできるんだけど、それでは俺様とユキコとの強さの差がわからない。他になにかで俺様の強さを、ユキコの夫に相応《ふさわ》しい男である証拠を見せよう」

「本当に？」

『あんた、本当に強いの？　すげえ弱そうなんですけど』といったニュアンスを含む言葉を投げかけていた。

「小娘、いきなり無礼だな」

ミルコ青年の大言壮語に対し、一番最初に反応したのはララちゃんであった。

そして、それにすかさず反応するミルコ青年。

この人、ララちゃんを完全に子供扱いして興味ないみたい。

それを確認できたのは幸いかな。

「うちの店で働くのに、力はそこまで必要ないんだけど……働いてもらう以上、店主に反抗的なまってのも困るから、いいわ。腕相撲でもしましょうか」

「『ウデズモウ』？　なんだそれは？」

「私の故郷で、力比べをする時によくやる競技よ」

私は、ミルコ青年に腕相撲のルールを説明した。

「ふっ、俺様と手を握りたいのに、恥ずかしいから力比べだと言ってしまうユキコは可愛いな」

（ここまでの勘違いバカだと、逆に面白くなってきたなぁ……）

彼はいわゆるウザキャラだと思うのだけど、生まれのよさからくる嫌味のなさと、見た目は整っているので、そこまで不快に感じないのだ。

この店の客層が悪いと言い放ったのも、自分が思ったことを素直に述べたに過ぎない。

実際、この近辺には客層が悪い店も多いのは事実なのだから。

「じゃあ、勝負しましょうか？」

「ああっ、ユキコはいい匂いがするね」

「変態ですね」

「乳臭い小娘は黙ってろ！」

「私、これでも十四歳なんですけど！」

「はんっ！　十歳くらいだと思ってたぞ！」

さすがに十歳はないと思う。

ララちゃん、私よりも胸があるから。

「そんなわけあるか！　……ユキコさん、この人、本当にあのお爺さんのお孫さんなんですか？」

「残念ながら、それが事実なのよ」

「手も、スベスベしているね」

こういう仕事だけど、ちゃんと肌荒れしないように自作のクリームや化粧水を使っているからね。

材料であるハニービーの蜜蝋は狩猟の時に手に入れていて、同じものを使っているララちゃんにも好評だった。

この世界ではこの手の品は非常に高価だが、創意工夫でなんとかしている。経費節約のためと、私は別に女を捨てていないから努力を惜しまないのだ。

「では、勝負を始めます」

特になにも言わなくても、ボンタ君がレフェリー役を務めてくれた。

以前、彼と腕相撲で勝負したことがあるから、ちゃんとルールを知っていたのだ。

「では、レディーゴー！」

「ふんっ！」

「はうっ」

「はい私の勝ち！」

こんなことに時間をかけても無駄だから、勝負は一瞬でついた。

コンマ一秒で、ミルコ青年の利き腕の手の甲はテーブルに叩《たた》きつけられ、あっという間に勝負は決したというわけだ。

「こんなものよ」

「女将さん、相変わらず強いですね。僕も勝てませんでしたから」

「お前、それは最初に言えよ！」

「聞かれなかったので……それに年下でも、僕は一応この店だと先輩ですよ」

「私もです！　無駄な時間を使ったんだから、ちゃっちゃと働けこのチャラ男！　仕込みが間に合わなくてお爺さんが好きなメニューが準備できなかったら、チャラ男はお爺さんから勘当されるんじゃないの？」

「ギクッ！」

ララちゃんからの指摘で、ミルコ青年の顔色がわかりやすいほど青くなっていた。

よほど自分のお祖父さんが怖いようね。

普段は口を出さないけど、たまに言ったことを一族の人たちは必ず順守するほどの力はある。

だからミルコ青年は、この店で働く羽目になったのだろうけど。

「じゃあ、まずは肉を串に刺す作業から。手を抜かないでね」

「はい……」

お爺さんの命令というのもあり、ミルコ青年はボンタ君の指導を受けながら黙々と切り分けた肉を串に刺し始める。

その手際は意外と悪くなく、最初は時間をロスしてしまったけど、開店時間までに余裕をもって仕込みを完了させることができたのであった。


「兄ちゃん、エール！」

「はいっ！　少々お待ちを！」

「俺は、レバ焼きとロース串を塩で三本」

「まいど！」

「シロ二本タレで！」

「任されました！」

で、開店後のミルコ青年だけど、今日は初日ということもあってお運びさんをさせているのだけど、これがちゃんと戦力になっていた。

なにもできない、口だけのチャラ男だと勝手に思っていたのだけど、考えてみたらお爺さんの息子さん、スターブラッド家の現当主から教育は受けているわけで、大半のことは一定水準以上のレベルでできるようだ。

ずっとこのままってことはないだろうけど、今は得しちゃった気分だな。

今夜、私とララちゃんに夜這《よば》いでもかけてこなければね。

そんなミルコ青年を見ないようにしながら、お爺さんは親分さんと一緒に、いつものカウンター席でお酒を飲んでいた。

「ちょっとは役に立っているのか」

「お爺さんには悪いですけど、正直なところもっと役立たずだと思っていました。考えてみたら、お爺さんの息子さんが、幼少の頃から教育しているんですものね」

「ミルコは、なにをしても一定水準以上の能力は発揮する。だが、これもスターブラッド家の重みが悪いのかの」

自分はスターブラッド家の人間だから、お兄さんたちのように派手に大きく独自の商売に成功し、さすがはスターブラッド家の人間だと世間に思われなければならない。

だから俺様などと言いながら、無理に威張って自分を大きく見せ、変な人の口車に乗って成功しそうにない商売を始めてかなりのお金を失っていると、お爺さんから聞いていた。

「こう言うと、お爺さんに失礼かもしれませんけど。お爺さんは一代でスターブラッド商会を立て直した立志伝的人物、つまり成り上がり者ですよね？」

「それが事実なんだが、実のところ息子はワシよりも手堅くやる男でな。息子の代でスターブラッド商会の地位は確立されたといっていい。にもかかわらず、みんながスターブラッド商会は歴史ある大商会だと勘違いしてしまっている」

「あいつはその評判に振り回されているわけか。俺みたいな半端者には理解できない話だな」

「いやあ、親分さんほどの成り上がり方もそうないですけどね」

自警団ほど、親分さんの実力次第なところはない。

王都で有名な自警団の親分さんたちは五十を超えている人が多く、つまりいくら実力があっても、そこまでの地位に辿り着くまでに時間がかかるということだ。

身一つの状態で、三十歳そこそこで大組織の長になった親分さんこそ、本当に凄い人なのだ。

しかも、いい男で優しいしね。

「今のミルコに必要なのは、地に足をつけ、他人の目など気にせず、地道に前に進むことなのだ」

お爺さんは声を小さくしていないので、今も懸命にお運びをしているミルコ青年にも聞こえているはず。

もしこのお店の中でお爺さんとの血縁関係を匂わせた時点で勘当すると言われているため、聞き耳を立てている程度だろうけど。

「そういえば女将」

「はい？」

「女将は、この店の仕事で自分でできないことはあるか？」

「ないですね」

元々は、一人でお店をやる予定だったから。

食材も、私が合格点を出さなければ既存のお店から食材を仕入れない。

この世界では肉の処理がいい加減で、特に血抜きや内臓の下処理、肉の熟成や保存の技術がまったく進んでいないので、王都の精肉店からは一切仕入れていなかったのだ。

そのため、肉については半年間にも及ぶサバイバル生活で『食料保存庫』に仕舞ったものと、この店は週休二日のため、休みの日に王都郊外で獲った魔獣を使用していた。

ワイルドボアくらいなら、すぐに獲れるからね。

当然調理はするし、お客さんに料理を運ぶこともする。

帳簿もつけるし、ララちゃんとボンタ君の労務管理もしていた。

まだ従業員は二人なので、そこまでの手間でもないけどね。

「店主とは、商会の主もそうだが、使用人をアゴで使って上に立っていればいいから楽なんてことはない。使っている者たちは人間なのだ。病気にもなる。色々な都合で辞めなければいけないかもしれない。経験と技量を積めば、独立を志す者もいよう。その人材が空いた穴を、一番偉い者が埋められなければ駄目なのだ。スターブラッド商会ほど大きくなれば、幹部連中が勝手にやってくれるが、大店《おおだな》であることに胡坐《あぐら》をかき、そういう部分を他人任《ひとまか》せにした結果、いつか店が潰れるかもしれない。商売の規模など関係なく、一番偉い者は一番働かなければならず、だから一番収入が多いのだ。女将は、その基本中の基本ができている」

「やむにやまれずですけどね」

この世界に飛ばされて来なければ、私も大学に進学していた？

お祖父ちゃんの跡を継いで、プロの猟師になっていたかも。

少なくとも、酒場はやっていなかったと思うけど。

「そういう状況になっても、なにもできない人の方が圧倒的に多いのだ。そもそもワシだって、最初は仕方なしに働き始めたのだからな」

わかった。お爺さん、私たちにだけじゃなくて、お運びをしながら聞き耳を立てているミルコ青年にも聞こえるように話をしているのね。

「その昔、スターブラッド商会は中規模程度といった状態で、今言われているほど当初から零細商会というわけではなかった。ワシの祖父の時代までは結構上手く行っていたんだが、死んだ親父がとんでもない放蕩者《ほうとうもの》でな……。酒、女、博打とやりたい放題だった。当然本業もろくにせず、それでも優秀な番頭がいたので回っていたんだが、ついにその番頭が親父の行状に呆れて独立してしまってな。ようは見捨てられたのだ」

その番頭さんがいなくなり、使用人たちの統制が行き届かなくなった。

わざと商品を高額で仕入れて、取引先からキックバックをさせて懐に入れたり、横領のし放題で、あっという間にスターブラッド商会の経営は傾き、大借金の山を作ってしまった。

「最後に親父自身が、酔っ払った挙句につまらない喧嘩で刺されて死んだ。ワシが十五歳で跡を継いだのだが、親父の葬儀中にも借金取りたちが押しかける有様《ありさま》でな。使用人たちも、もうスターブラッド商会は終わりだと、次々に辞めていった。ワシは、亡くなったお袋と二人きりで新しいスターブラッド商会を始めたのだ」

ゼロどころか、マイナススタートでこの国一番の大商会を作り上げたのか。

まさに立志伝的な人物よね。

「当時はとにかく必死だった。他人には散々バカにされたが、そんなことを気にしている暇はなかったくらいにな。数十年後、多くの人たちがワシを褒《ほ》め称《たた》えることになるが、そんなものは結果論に過ぎない。上手く行かなければ、『バカな父親の不始末と借金で圧《お》し潰された、可哀想な奴』で終わったであろう。だからあえて言うが、スターブラッドの名など大したものではないとワシは思うのだ。他人がどう思うかは別だがな」

「ご隠居。そうは言っても、あなたの名は偉大で、スターブラッドも同じだと思いますが」

「ヤーラッドの親分、それは他人が勝手に思うこと。誰しもが、ワシのようになれる可能性があるというほど夢想家ではないが、今の生活を、立場を、少しだけよくすることはできるはず。ミルコも、ワシの孫だからなどと周囲の目を気にせず、自分なりに新しいことをやってみればいい。小商いでも黒字にできて、従業員の一人でも使っていければ大したものだ。基本的に商売など、失敗する人の方が圧倒的に多いのだからな」

そういえば、日本でも起業して十年後まで生き残る確率は十パーセント以下とか聞いたことがあった。

「息子と孫たちは今のところ大丈夫だろうが、ワシの死後、ひ孫や玄孫の代でスターブラッド商会は潰れるかもしれない。その時に、たとえ小規模でもミルコかその子孫が商人として生き残ってくれていたら、それは大成功なのだ。別に商売でなくてもいいがな。ふぃ――――、死に損ないのジジイの説教臭い戯言《たわごと》だ。女将、全員にエールを一杯ずつ出してくれ……」

お爺さんの奢《おご》りだと聞き、店内に歓声が沸いた。

「兄ちゃん、頑張って運べよ」

そう言い残すと、お爺さんはミルコ青年にひと声かけてから、金貨を一枚置いて店を出て行った。

やっぱり、実の孫が可愛くないわけがないのか。

店内では赤の他人だと言いつつ、彼に自分の想いと考えを伝えたのだから。

「お爺さんの奢りだから、みんなにエールを出すわね。お願いね」

「わっかりました。俺様、忙しいなぁ……」

普段と変わらないように見えたミルコ青年であったが、お爺さんの言葉になにかを思ったのであろうか？

私には、ちょっとだけ彼が神妙な顔つきをしているように感じたのであった。


「俺様、働きすぎだからお休みがほしいのに……」

「お爺さんが、あなたに休みを与えるなって言っていたのだけど、私たちはお休みなのよ。だから、私たちの遊びにおつき合い願いましょうか」

「ユキコとのデートなら、俺様大歓迎」

「それはないです」

「厳しいなぁ……」

今日は店休日。

お店はお休みなのだが、私はそうでもない。

この日に、王都の外に出て魔獣を狩るからだ。

狩猟は私の趣味でもあるので、実はお休みのうちなのだけど。

好きだからやっているのに、同級生たちからは変わっているって言われていた。

休日だというのに、ララちゃんは毎回、ボンタ君も今回からつき合ってくれるそうだ。しかし、二人には二人でちゃんと理由があったりする。

ララちゃんは、野獣によって家族を殺され故郷を追われた。

そのため、少しでも強くなりたいため。

ボンタ君も私と同じく狩猟が好きで、あとは独立資金を効率よく貯めるためと、食費を浮かせるため。

さらに、私流の獲物の処理と解体を学びたいらしい。

ララちゃんは、自分の身長よりも長い槍《やり》を持ち、レザーアーマーを装備。

ボンタ君は、大きなバトルアックスと古びたチェーンメイルを装備していた。

なんでも、元々は親分さんから貸与されたものだったのを、就職祝いとしてプレゼントされたのだそうだ。

親分さん、やっぱり優しいなぁ。

ちゃんと頑張っている子には支援を惜しまないようね。

そして私だけど、『死の森』に迷い込んだ時には着ていたジャージの上に死んでいたハンターの装備の一部を剝ぎ取ってプロテクター代わりになんてことをしてたけど、今はちゃんとハードレザーアーマーを装備している。

武器は、拾った剣を直してもらって使っているけど、背中の折り畳み式スコップは便利なのでこれも使っているわ。

「で……あなたの格好はなに？　求婚している鳥？」

「俺様、超強くて目立ちたがりだから」

金がありすぎる家の子ってのも考えものね。

ミルコ青年は特別あつらえのロングソード……刀身の質はいいけど、装飾が派手ね……と、同じくキラキラしている金属鎧《よろい》を装備していた。

お金をかけているだけあって防御力はピカ一なのだろうけど、その光る鎧は大丈夫なのかしら？

野生動物なら逃げるけど、魔獣だとそれに魅《ひ》かれて集まってきちゃうかも。

「来た！」

案の定、狂暴な野獣はミルコ青年の光る鎧に反応したようね。

かなり大きなワイルドボアが、ミルコ青年目がけて突進してくる。

「あなた、狩猟の経験ないの？」

彼はスターブラッド家の子弟だから、教育の過程で魔獣狩りをしているはずなのに、どうしてわざわざそんな野獣を怒らせるような装備を……。

やっぱり、どこか抜けているというか、世間知らずなのよね。

「俺様、大ピンチ！」

「見ればわかるわよ。ボンタ君、手はずどおりに頼むわね」

「女将さん、任せてください」

ボンタ君は、自警団時代に散々狩猟を経験している。

強くなって、自警団員として舐められないようにするためだ。

私の指示を受けると、冷静に足音を立てず移動し、ミルコ青年目がけて一直線に向かってきたワイルドボアの横合いから強く一撃を入れた。

バトルアックスの刃物の方ではなく、斬れない反対側で強くぶん殴ったので、巨大なワイルドボアは一撃で気絶してしまう。

「俺様、助かった。実はこれ、お祖父様が昔使っていた鎧を拝借してきたんだ」

「無駄金使って新しいのを注文しなかっただけ、成長したのかしら？」

「ユキコ、昨日の今日で、鎧の特別注文なんて無理だって」

「それもそうか」

RPGとは違って、鎧は使う人に合わせて細かい調整が必要だものね。

普通はどんなに急いでも数日はかかる。

昨日狩猟の話を聞いたミルコ青年が、特注の装備を今日揃えられるわけないか。

「でも、サイズがピッタリですね」

「お爺さんの若い頃と体型が同じじってことね」

「俺様も驚いた」

同時に、どうしてお爺さんがこんな派手な鎧を使っていたのか。

昔は普段の商いと合わせて、空いている時間に魔獣を狩って借金の返済にあてていたはず。

この光る鎧で魔獣を寄せ集め、一匹でも多くの魔獣を狩って金を稼いだのかもしれない。

今は好々爺然《こうこうやぜん》としているお爺さんだけど、若い頃はかなり苦労したのであろう。

「女将さん、それで処理の方法ですけど」

「これは最上級の方法よ。見ていて」

まずは念のため、気絶しているワイルドボアに『眠り』の魔法をかけた。

「ユキコは魔法が使えるんだ。俺様、驚き」

「攻撃魔法は使えないけどね」

個人的な推察として、どうやら私は料理に関係する魔法、料理に使うと便利な魔法はすぐに習得できるようだ。

派手な、火の玉を飛ばすとか、カマイタチとか、そういう魔法は一切覚えられなかった。

「次に、ワイルドボアの目をこの布で塞いで。解体はあとでやるから脇に置いておいて」

「わかりました」

ここは魔獣の巣で、一匹毎《ごと》に解体していたら危険だし効率も悪い。

ちょうどいいオトリ……光る鎧を着たミルコ青年のことだけど……がいるので、さっさと必要な数を捕獲して、解体のために他の場所に移動するとしよう。

「トドメは刺さないのか？　なんなら俺様が」

「それは、あとでやるからいいのよ」

「効率悪くないか？」

ハンターや猟師が本業の人はそれでいいのだろうけど、うちの本業はあくまでも飲食店。

多くの食材をお店に卸すためではなく、品質のいい肉を必要量得るための狩猟なので、獲物は生かしておいて、あとで丁寧に処理するのが基本だからね。

「いっぱい倒して、余ったら売ればいいのにな」

ミルコ青年はスターブラッド家の人間だから、基本的にはそれで間違っていないのよね。

うちのやり方では、その方法だと適切ではないのだけど。

「最後に、あなたもこれまでの方法で一匹魔獣を確保したら？　私のやり方と比べてみればいいのよ」

「なるほど。俺様、結構強いから、ワイルドボアくらい余裕だぜ」

そして私たちは、同じ方法でさらに二匹のワイルドボアを確保した。

「おりゃぁ――――！　俺様の力を見たか！」

そして最後に、ミルコ青年が大きなワイルドボアの心臓に剣で一撃入れて倒し、これで狩猟は終わりだ。

借りてきた荷車に、眠ったままの三匹のワイルドボアと、ミルコ青年がトドメを刺したワイルドボアを載せ、魔獣がいない川の傍へと移動する。

「ボンタ君、手伝ってちょうだい」

「わかりました」

「ララちゃんは、桶《おけ》の用意ね」

「はい。準備万全ですよ」

私たちは、眠ったままのワイルドボアの後ろ脚をロープで括《くく》ってから木に吊るす。

そして、ワイルドボアの心臓がまだ動いていることを確認すると、一気に心臓近くの動脈を切り割いて血抜きを始めた。

その下では、流れ落ちる血を受け止めるために、ララちゃんが桶を置いて待ち構えていた。

「随分と手間をかけて血を抜くんだな。そのまま放置して、血が流れなくなるまで待てばいいんじゃないか？」

普通のハンターや猟師は、トドメを刺した獲物をひとまとめに置いておいて、狩猟が終わると持ち帰ってお店に卸す。

そのため、血抜きが不十分で肉が獣臭い、生臭い。今季節は秋なのだけど、この世界は日本よりも暖かいので、ほぼ丸一日常温下で放置された獲物は、内臓から悪くなっていく。

内臓はもっと生臭く、肉質も悪くなるし、食べるとお腹を壊すこともあった。

魔獣の内臓がとても安く、庶民の味扱いされるのは、処理や保存が不十分で決して美味しいものではなく、ほぼ捨て値で販売されるからだ。

臭い内臓はハーブなどで臭みを消すという調理方法が取られるが、貧しい人たちはそんなに沢山のハーブが使えない。

お金持ちもたまに内臓料理を食べるけど、臭い消しのハーブ類を使いすぎて、内臓料理なのかハーブ料理なのかわからない状態になるそうで、そんなに人気がないと聞いていた。

私の場合、完璧に獲物の血抜きを行い、すぐに内臓を取り出し、内臓自体の血抜きや、肉質を悪くする部分の除去をすぐに行って、評判のいい内臓の串焼きを提供しているわけだ。

「小娘、ワイルドボアの血なんて使い道あるのか？　あと、なぜかき混ぜ続ける？」

「血だって、美味しい食材になるってユキコさんから教わったんですよ。かき混ぜているのは、血が固まらないようにです」

血も、血を材料に使うブラッドソーセージ、塩と血を混ぜてから蒸して作る猪血湯、沖永良部島《おきのえらぶじま》にも血汁という似た料理がある。

手間と人手の関係でまだお店メニューにはしていないけど、試作して賄いで食べれば食費も節約できるし、ララちゃんやボンタ君に新しい料理を教えられるからね。

「ユキコさん、血が出なくなりました」

「もう血抜きは終わりか？」

「血抜きはね。ボンタ君」

「はい」

次は、すぐにワイルドボアの内臓を抜いていく。

これも急ぎやらなければ、肉も内臓も悪くなってしまうからだ。

「ララちゃん、お願い」

「わかりました」

抜いた内臓をララちゃんに渡すと、彼女はそれを川の水で洗ってさらに血を抜き、余分な脂肪や、状態が悪くて食べられない部分を切り落としていく。

駄目な部分は勿体ないけど、容赦なく除去することで肉や内臓の質を保てるからだ。

「内臓なんて臭くて不味《まず》いじゃないか」

「あなたは、昨日なにを見ていたの？　お爺さんも美味しそうに食べていたでしょう？　ようは下処理の仕方よ。大変だけど上手に処理すれば臭くないし、独特の味や食感で美味しいのよ」

まずは、胸と腹の間にある膜のような部位。

これは横隔膜で、いわゆる『ハラミ』ね。

焼肉で人気があり、うちの店でも串焼きで人気があるわ。

背骨にぶら下がっている筋肉も、『サガリ』として焼肉屋などで出回っているわね。

続けて、のどを切り割いて食道と気管支を取り出す。

ナンコツで、『ウルテ』と呼ばれており、コリコリとした食感で酒のおつまみとして人気ね。

肺は『フワ』と呼ばれ、マシュマロみたいな食感でマニアに人気がある。

私の店でも、たまに煮込み料理で出しているわ。

心臓は『ハツ』。

有名なので説明は省略。

串焼きで出しているわ。

心臓に繋《つな》がる太い血管も、これはこれで美味しいわね。

肺と心臓に囲まれた脂肪の塊は、いわゆる胸腺で『シビレ』と呼ばれている。

味が濃厚で、串焼きと焼き料理でたまに出してるけど、すぐに売り切れてしまうわ。

内臓を覆う脂肪の網は、『アミアブラ』。

今のところは、賄《まかな》いのハンバーグを包むのに使っている。

胃は『ガツ』。

モツ煮の材料や、茹《ゆ》でてガツ刺しとしてメニューに載せている。

お爺さんが好きなメニューね。

肝臓は『レバー』。

ララちゃんが熱心に血を抜いてくれている。

血抜きが十分でないと、早く悪くなってしまうし、美味しくなくなってしまうからだ。

レバーに付属している緑色の袋は、胆のう。

熊の胆のうは、この世界でも熊の肝《きも》として重宝されており、ワイルドボアの胆のうも、薬として
そこそこの値段で売れた。

私には効能がよくわからないので、これだけは売ってしまう。

胃の傍にある脾臓《ひぞう》。

『チレ』という名で、レバーに似た味がする。

腎臓は『マメ』で、炒《いた》め物などに使われることが多いかな。

膀胱《ぼうこう》は、ソーセージの皮にしたり、肉や野菜を詰めてボイルすると美味しいわね。

お店では出さないかな。

小腸、大腸、直腸は、『テッチャン』とか『マルチョウ』とか、地方によって言い方が違う。

モツ煮やモツ焼きの材料になる。

消化物やフンの処理が大変だけど、美味しいのでこれも人気ね。

脳味噌《のうみそ》もクリーミーで美味しいんだけど、これも賄いで使ってしまう。

舌は知らぬ人はいない『タン』なので、これも大人気だ。

大きなワイルドボアの舌は大きいので、これは嬉しいわね。

焼いて塩を振って食べると美味しい。

キンタマとペニスは……世界が変わっても、男性の特に年配の方々に人気ね。

精力アップに効果があると言われているわ。

本当に効果があるのか、私にはわからないけどね。

「細かいな」

「細かくて、下処理が大変でも、これがうちのお店の売りだからね」

内臓を取り除いたワイルドボアは、川の水につけてさらに血を抜いていく。

ワイルドボアの体内に残る血が少なければ少ないほど、癖のない美味しいお肉になるので、ここで手を抜いてはいけない。

「その間に、昼食にしましょう」

血抜きには時間がかかるので、その間に昼食をとることにした。

メニューは、野菜と各種モツを味噌ベースのソースで焼いたものをパンではさんだものだ。

あとは、ワイルドボアの骨で出汁《だし》を取り、肉も入った野菜スープと、飲み物は私が魔法で作った氷を入れて出した。

「氷とは贅沢《ぜいたく》だな。俺様でも驚きだ」

「氷の矢を飛ばすような攻撃魔法は使えないけど、氷の塊なら出せるのよ」

この世界には冷蔵庫がないので、お店や金持ちは地下室で食料を保存することが多く、私のお店の地下にも食料を保存するための地下貯蔵庫があった。

ただ、体感で通年二十度前後に保つのが精一杯なので、当然肉や魚はすぐに悪くなってしまう。

そこで私は、魔法で氷を出して『氷室』状態にしていた。

下処理した肉や内臓は、『食料保存庫』か、地下室の氷室で保存されるのだ。

そして、なるべく早く使い切ってしまう。

時間が経てば経つほど、肉や内臓の状態が悪くなり美味しくなくなるからだ。

「大した金にもならないのに、面倒なことをしているんだな」

「しょうがないじゃない。王都にあるお店のすべてが、私が合格点を出す肉や内臓を扱っていないのだから」

品質のいい肉や内臓があれば、わざわざ自分で狩猟して下処理をしなくても、それを扱ってるところから仕入れればいい。

ところが、私のお店のオープン前、ララちゃんと二人で色々と見て回ったけど、ろくに血抜きもせず獣臭いままの肉や、温度管理がいい加減で半ば腐った肉しか扱っていなかったのだから。

材料がこんな有様では、いくら頑張って調理しても、美味しいものはできない。

余所者の女性が経営するお店なので、美味しくなければお客さんは来ない。だから私はお店の営業を週五日にし、残りの日で狩猟や解体を行っているというわけ。

「もっとも、今の世界の現状では下処理が疎《おろそ》かなのも仕方がない面もあるわね」

「質よりも量だからな」

この世界は、魔獣が跳梁跋扈《ちょうりょうばっこ》しているので、畜産業がほとんど存在しない。

多くの人々に肉を提供するためには、ハンターや猟師たちに頑張って魔獣を狩ってもらわないといけないからだ。

私たちのように丁寧に下処理や解体をしていたら、必要量に達しない。

「でも、ユキコさん。品質のいいお肉や内臓なら、たとえ高額でも買ってくれるお金持ちや貴族はいそうですね」

「小娘、所詮は同じワイルドボアや他の魔獣の肉だろう？　そんなに高く売れるか？」

ミルコ青年は、私流の特別な処理と保存をした肉や内臓が、商売になるとは思っていないようね。

私は商売になると思うけど、大量に販売するために大量の獲物を下処理したくないというか、そもそも面倒だし、料理人の方が向いていると思うから。

それに、丁寧に解体、下処理した肉や内臓を使った串焼きは、お祖父ちゃんとの思い出の味。これで商売ができるのなら、私はその方が楽しいもの。狩猟だけをするのは性に合わないわ。

「結局庶民も貴族も王族も、同じ品質の肉を食べているに等しいわ」

精々、なるべく早く肉を届けるくらいの差しかないはず。

倒した時に傷が大きく、多めに血が流れて結果的に獣臭さが少ない肉や内臓があるかもしれないけど、それはあくまでも偶然で、私のように作業が標準化されているわけではない。

肉や内臓の品質に差が出てしまい、お金持ちが雇っている料理人は、上手くハーブ類や調理法で獣臭さ、腐敗臭を消すことに全力を傾てしまうのだ。

「ハーブ類を使わなくても、お肉や内臓本来の味や食感を楽しめるお肉。ハーブを多用してしまうとできない料理にも使える。下処理や保存に手間暇コストをかけているため、とても高額ですが、それに見合う美味しさのお肉です。そういう『付加価値』をつけて売るって方法はあるのかもね」

「付加価値？」

「同じ品でも、他の価値をつけて高級品として販売し、利益率を上げていく。そうすれば、プロのハンターや猟師みたいに沢山狩る必要はないわ」

ただ狩猟して、その辺に放置して、下手をすると腐敗臭がするから安くなったお肉や内臓。大量に、しかも手間をかけないので安価です。

一方で野獣を生かしたまま捕らえ、丁寧に血抜きをし、内臓も外して部位ごとにこれも丁寧に処理する。暖かさで肉と内臓が悪くならないよう、運搬と保存にも気を使う。すると、まったく獣臭さがなくなった美味しいお肉や内臓になりますけど、手間がかかるので高価です。

さて、貴族様はどちらを選ぶでしょうか？

「あの串焼きの肉や内臓か……下処理に手間をかけた高価な方かな？」

「高く売れれば、他のハンターたちのように毎日大量の魔獣を狩らなくても売り上げは立つわ。そもそもあなたって、そんなにハンターや猟師として優れているのかしら？」

「いや、そこまでではないな。さすがの俺様も、一流どころには負けるぜ」

「それに、いくら凄腕《すごうで》のハンターや猟師でも、魔獣狩りは危険で命がけよ。数を狩れば狩るほど、負傷や死亡のリスクからは逃れられないわ」

それに、歳《とし》を取ったら若い時のように沢山魔獣を狩れなくなる。

だからこそ少ない数の獲物を、危険ではない手間を用いて付加価値をつけ、高く売る。

商売としては、こちらの方が長くできる可能性が高かった。

体は大切にってやつね。

「若い猟師なりハンターを雇って、生け捕りを任せるって方法もあるわね。ますます仕事は効率化して、稼げるようになるかもしれないわ」

とはいえ、現時点でそれをやってくれる人はいないからなぁ……。

今度、お爺さんに相談してみようかしら？

質のいい肉や内臓を安定して仕入れられるのなら、私たちはもっと沢山料理を仕込めるからだ。

「お祖父様に相談するのか？」

「そうしてもいいかなって。お爺さんは商売の天才だから、すぐに理解してくれると思うのよ」

「……そうか」

そんな話をしている間に昼食の時間は終わり、川の水につけていたワイルドボアを川から上げることにした。

「その前にボンタ君。踏んで押して」

「こうですか？　あっ、まだ血が出てくる」

「もうひと手間ね」

次は、血抜きを終えたワイルドボアに、火魔法で七十度くらいまで熱したお湯をかける。

お湯の温度を計れる温度計はないけど、お祖父ちゃんがよくやっていたので、感覚で覚えていたのだ。

「こうすると、毛が簡単に抜けるのよ」

皮も残した方が、バラ肉が美味しいからね。

煮込み料理に最適なのだ。

「さらに、取り残した毛がないか、火魔法をバーナー状にして皮をあぶり、残った毛を焼いていく。

魔法で水気をよく切り、これからようやく解体ね」

「任せてください」

解体は、練習したいと言ってボンタ君が全部やってくれた。

さすがは経験者というべきか、ワイルドボアは次々と部位ごとに切り分けられていく。

最後に、これを綺麗な煮沸消毒した布に包んで木箱に仕舞う。

ちゃんと氷も入れ、肉を温めないようにしなければ。

「死んだワイルドボアの肉はすぐに硬直化しますが、丸一日ほどでまたお肉が柔らかくなります。ここからが食べ時ですが、温度管理を忘れずに」

せっかく処理したのに、肉や内臓が腐敗して悪くなったら勿体ないからだ。

「こうして下処理した肉や内臓が、私の店で出されるわけです」

「ユキコ女将、随分とお人好《ひとよ》しだな。そんな大切な技術を俺様に漏らしてしまって」

「ああ、心配ないんじゃない？」

技術漏洩《ろうえい》の件について心配するのはスターブラッド家の人間らしいけど、この件についてはその心配はないと思う。

特にミルコ青年相手なら。

それに、別に漏れても全然構わないしね。

むしろ普及して質のいい肉や内臓が安くなれば、私は仕入れるだけで済むから楽だし。

そうなったら、昼の営業でランチを出すとか、営業時間も拡大できるもの。

「心配ない？」

「だって、たとえこの方法を知ったとしても、それをずっと続けるのは難しいから」

なぜなら、この方法は基本的に修練すれば誰にでもできるようになるが、ではこれを毎日ずっと続けられるかどうかは、その人次第だ。

特に、ミルコ青年は根気がなさそうだからなぁ……。

「ちょっとでも手を抜けば、肉は獣臭くなり、腐ってしまうわ。一回でもそれをやったら、すぐに評判が落ちて肉が高く売れなくなる。老舗が百年かけて築き上げた評判も、一回の悪評で地に落ちてしまうものよ。お祖父さんの名に縋《すが》り、格好よかったり、楽に上に立てる商売ばかり探しているあなたには無理よ。だから、私はお爺さんに相談しようとしているのよ」

先ほど狩ったワイルドボアを放置したままのミルコ青年に、魔獣の下処理や解体なんて仕事は無理だろう。

彼は、スターブラッド家の人間だからという理由だけでプライドも高いのだから。

解体は、毛に大豆大のダニが大量についていたり、血が服につくし、下処理する前の内臓は臭い。腸の部分には、大量の排泄物《はいせつぶつ》だって詰まっているのだから。

やり方によっては十分に商売になるけど、多分、親分さんに人を集めてもらった方が成功しやすいであろう。

「俺様では無理だと？」

「無理よ。だってあなたには、実績も信用も経験もないんだから。お祖父さんの名前で事業が始められたとしても、自分がなにもできなければ、新しく雇った人たちに指示も出せないわ。彼らが間違っても、それを指摘するどころか気がつきもしないのではないかしら。まずは『自分でやる』が実践できなければ」

無理に、そして無駄な苦労をしろとは言っていない。

しかし、どんな大商人でもステップアップの過程で、それこそ泥に塗れて働かなければならないケースも多いのだ。

ミルコ青年にそれができるとは、私は到底思えないのよね。

「ユキコ女将は、お祖父様と同じようなことを言うんだな」

「あなたの持つスターブラッド家の人間であるというプライドが、最初の意味不明な私への求婚でしょうから。よさげな事業を、スターブラッド家の金で買収して起業終了。そんな考えからでしょう？　だからお爺さんは、あなたを私の店に押し込んで雑用をさせた。でも、お祖父さんの命令を聞かなければ勘当されるから、あなたは雑用やお運びを半ば義務として、仕方なしにやっている。私の店で働く期間が終われば、また元《もと》の木阿弥《もくあみ》。またよさげなお店なり事業を、スターブラッド家の金で買い取ると言いに行く生活に戻ってしまう。違うかしら？」

「俺様は、スターブラッド家の人間だからな。他の零細商人とは違う」

「そうかしら？　この前のお爺さんの話を聞いていたんでしょう？」

スターブラッド商会は、先代で成り上がった商会なので、別に老舗ではない。

お爺さんが、散々苦労して大きくしたものだ。

それなのに、その孫がスターブラッド商会の名に胡坐をかいているので、お爺さんは心配で堪《たま》らないんだと思う。

だから、私に頼んでお店で働かせているのだ。

「お爺さんは、どんな小さな仕事でもいいから、自分がこれだと思ったことを自分でやってみてほしいんじゃないかしら？　たとえ失敗してもいい。それが次の成功の糧になるのであれば。大体、あなたはもしもの時にはお爺さんのフォローがあるから、圧倒的に有利で楽なのよ。私が商売に失敗したら、最悪借金を抱えてそれを返すところから始めないといけないもの」

この世界に株式会社で有限責任とか、そんな甘えはない。

若い女性が商売に失敗したら、最悪色街行きよね。

だから、この世界で女性がオーナーの商会や店舗はほとんど存在しない。

男性の場合は、間違いなく鉱山送りとかよね。

少なくともミルコ青年がそうなる危険はなく、おまけにお爺さんからすればとにかく頑張ってくれと支援されているのだから、私からすれば羨ましい限りであった。

「ユキコ女将、言いたい放題だな」

「あなたは別に頭が悪いわけでも、不器用でなにを覚えるのにも時間がかかるわけでもないじゃない。でも、あなたのお兄さんたちのように新しい事業を立ち上げられないのは、どうせ失敗してもスターブラッド商会が補塡してくれるのだから、お兄さんたちを見返せるような、派手に儲かりそうな事業はないかな、なんて、そういう風に思っているからでしょう。自分はなにもしないで」

「……」

「沈黙したということは、それが事実だと認めるのかしら？」

言いすぎな気もしなくはないけど、お爺さんはミルコ青年に真面目に働いてもらいたい。

だから私の店に預けたはず。

それに、お爺さんが私のお店の常連になって、見えないところでかなり得しているのだ。その分の恩返しである。

情けは人のためならずよね。

「ユキコ女将、俺様を舐めるなよ！　あの店の新鮮で臭くない肉の秘密。俺様がいただいた！　俺様はハンターとしても強いから、自分で狩った獲物を上手に処理して、スターブラッド商会のコネで金持ちに高く売りつける。これで、俺様は大成功だ！　無料働きは今日で終わりだぜ！　あばよ！」

そう言い残すと、ミルコ青年はその場から走り去ってしまった。

自分が狩ったワイルドボアを残して……。

「これ、貰っちゃっていいのかしら？」

「自分で所有権を放棄したから、貰っちゃって問題ないと思いますよ。指導料でしょうか？」

「結果的にそうなったのかしらね」

私たちは、ミルコ青年が残したワイルドボアをありがたくいただくことにした。おかげで賄いが豪華になり、肉と内臓の在庫が増えたから、ミルコ青年を受け入れてよかったのかも。

第六話　チャラ男、起業する

「それにしても、あれからもう一ヵ月ですか。お爺さん、ミルコさんは？」

「急に『閃《ひらめ》いた！』と言い出してから、毎日自分で狩った獲物を集めた仲間たちと解体しては、『まだ少し獣臭さが残る！　これでは貴族は高く買ってくれない！』とか、うちの王都郊外にある倉庫でやっとるな」

ミルコ青年が私たちの元を走り去ってから一ヵ月。

お爺さんによると、ミルコ青年は真面目に私が見せた魔獣の解体技術を見様見真似《みようみまね》で、獣臭くない、新鮮な肉や内臓を売る事業を始めたそうだ。

あきらかに3Kな仕事なので、私は彼はすぐに嫌になってしまうかもと思ったのだが、お爺さんによると、段々と肉と内臓の質が上がり、徐々に高く買い取ってもらえるようになったそうだ。

「真面目にやっているんですね」

「女将に発破をかけられたからであろう。バカな孫が迷惑をかけた」

「いえ、こちらもお爺さんにはお世話になっているので」

「やれやれ、女将は鋭いな」

この店は決して治安がいい場所にあるわけでもないし、オーナーが女性なのでよからぬことを考える同業者などがいないわけがない。

ところがオープン当初から、この店はそういうトラブルが極端に少なかった。

特に、お爺さんがこのお店の常連になってから。

お爺さんとしては毎日のように通うお気に入りのお店に顔を出しているだけのつもりであろうが、うちとしては大変にありがたいわけだ。

「今ではワシよりも、ヤーラッドの親分の方がのぉ」

お爺さんは、隣でエールを傾ける親分さんに話を振る。

「俺は、ショバ代を貰えばちゃんと義務を果たす」

スターブラッド商会の先代当主と、親分さんが頻繁に通うお店に手を出す不届き者は少ないか。

「そういえば、女将。今日は新しいメニューが出たと聞いたが」

「ワイルドボアの血を使ったソーセージですよ」

これまでは、試作しては賄いのみで消費していたのだが、ようやく満足のいく出来になったので、数量限定だけどメニューに入れてみたのだ。

「新鮮なワイルドボアや他の魔獣の血に、塩、ハーブ、香味野菜、脂、小麦粉などを混ぜて腸に入れ、それを破裂しないよう低温でゆっくりと茹でたものです」

「血なまぐさいのかと思ったら、まったくそんなことはないな。コクがあってネットリとしていて、酒によく合う。前にある貴族のパーティーで食べたことがあるが、それはハーブの味が濃すぎてな。これはそんなことがない」

「それは、古い血の生臭さを隠すためですよ」

ブラッドソーセージは新鮮な血を使わないと駄目なので、『食料保存庫』を使える私が有利というわけ。

これを用いて保存すれば、どんな食材も経年劣化したり腐らないからだ。

魔法が使える者の中からたまに出るとされている『倉庫』持ちは、色々な品を保存できるのだけど、収納能力は千差万別。

私の『食料保存庫』は、食材と水、調理器具なら制限なしだ。

その代わり、他の品は一切収納できないけどね。

新鮮な血のまま保存できるので、いつでも美味しいブラッドソーセージが作れるというわけ。

「これは酒に合うな」

「親分さん、お酒の飲みすぎは駄目ですよ」

「女将が三杯ルールを守らせているのだから、それ以上は飲まんよ」

うちのお店は、一人三杯までしかお酒を注文できない。

最近、実は酒は百薬の長などではなく、一滴でも飲まないに越したことはないという学説が出たとか、こっちの世界に来る前に聞いたけど、人間がまったく体に悪いことをしないで生活すれば健康って考えもどうかと思うので、適量ならストレス発散のためお酒を飲んでも構わないだろうというのが、私の考えであった。

その代わり、飲みすぎ防止で酒の注文は三杯までというルールは作ったのだけど。

これを守れないお客さんも、即座に店を出て行ってもらうことになっていた。

常連さんたちはみんなルールを守っている。

「どうも、俺様久しぶり！」

「ミルコさん？」

とそこに、噂の主であるミルコ青年が一ヵ月ぶりに姿を見せた。

珍しくというか、今の仕事の内容に相応しいというか、今日の彼はこれまでの豪華なだけの服装ではなく、作業着のようなものを着ていた。会社の制服みたいなものかしら？

それでも、元の顔がいいので他のお客さんたちは、『イケメンはなにを着てもイケメンだな』とか話しているけど。

ミルコ青年は、お爺さんから少し離れたカウンター席の前に立った。

「この一ヵ月、大分獲物の処理が早くなり、肉や内臓の品質もよくなってきたぜ。これまでの肉や内臓とまったく違うって、結構高価な値段で売れるようになったし」

この人、本当にこの一ヵ月間、真面目に魔獣の下処理や解体技術を上達させ、顧客に高値で販売するようになっていたのか。

「ユキコ女将が処理したものにはまだ負けるが、ハーブも少量の使用で済んで、料理の幅も広がったと評判なのさ。俺様、ちょっと報告に来たわけ。あと、エールと串焼きお勧めの三本。塩で」

今日はお客さんのようなので、私はすぐにミルコ青年にエールと串焼きを出した。

「やっぱり、ここの肉や内臓は全然獣臭くないし、新鮮だな。俺様、もっと精進しないと。注文も増えつつあるから」

「そうなんだ」

そりゃあ、今までは大量のハーブ類と決められた調理方法で獣臭さを消していたので、少しの獣臭さなら喜んで高値でも購入するか。

「派手な服は着ないのね」

「作業している時はこれで十分。ユキコ女将のお店なら、やはりこれで十分だから」

うちの店、ドレスコードなんてまずあり得ないものね。

最後の一言は、この前強く言ってしまったことへの仕返しかも。

「それもそうね」

「営業の時は、俺様もエレガンスな服装をするさ。相手は上流階級だから。スターブラッド商会の名も役に立つ」

「そういう使い方ならいいんじゃないの」

もう一つ、私が上手く処理した肉や内臓を売らない理由がある。

それは、余所者の小娘が販売する食材を買ってくれないからだ。

つまり、信用がないのよね。

ミルコ青年がそれをやってくれるのであれば、将来私も仕入れられるようになるかもしれないし。

そうしたら、私の店でももっと大量の料理を仕込めたり、営業時間を延ばせるかも。

「いつか、この店に肉や内臓を卸させるように品質を上げていくぜ。人手も増やしたから、俺様責任重大」

ミルコ青年は、王都郊外にあるスターブラッド商会が所有する倉庫を借り、そこに生きた魔獣を持ち込んで解体しているそうだ。

幸い商売の方は順調なので、人手を増やしたそうだ。

「へえ、やるじゃない」

「新しく雇ったのは、歳《とし》を取ったり、負傷してあまり獲物が獲れなくなったハンターたちだぜ」

なるほど。

そういう人たちは、以前のように沢山の魔獣を狩れないので、少数の魔獣でも高く売れる解体に参加したわけだ。

現役時代ほど稼げないが、給料制らしく収入は安定している。

家族共々路頭に迷うことはなくなるわけだ。

彼らの雇い主であるミルコ青年からすれば、責任重大なんだろうけど。

「もう一つ、俺様、ちゃんと頑張っていつかユキコ女将を嫁にするぜ」

「えっ？　最初のアレは商売の都合で言っただけでしょう？」

「この俺様にあれだけ言える女はそういない。俺様のお祖母様にそっくりだぜ。つまり、ユキコ女将を嫁にすれば、俺様は将来お祖父様を超えられるかもしれないんだぜ」

「そうなんですか？」

私は、思わず傍にいたお爺さんに聞いてしまった。

奥さんが、私にそっくり？

「容姿は全然似ておらんが、ワシの連れは、借金塗れのスターブラッド商会に嫁ぎ、ワシを支えてくれた凄い奴でな。他所から流れて来て、半年もしないうちに店をオープンさせ、こんなに繁盛させている女将に、似ているといえば似ておるな」

「お祖父様は、だからこの店の常連なんだろう？」

「そういうこともあるかもしれんの！　しかしミルコよ。女将を嫁にするのは大変だぞ」

「俺様も仕事があるし、女将が変な男になびくとも思えないし、俺様そこまで焦らずにじっくり行くぜ。女将、エールのお代わりとお祖父様と同じブラッドソーセージね」

「はい、毎度あり」

今回のことでちょっとだけ成長したミルコさん。落ち着いてみれば、もともと顔立ちもいいし、基本的にはいい人だし、なにしろあのスターブラッド家の人間なので好物件男子ではあった。

だけど……。

「女将、どうした？　俺の顔なんて見て」

「いえ、なんでもないですよ。親分さん」

でも私の中での、いまのところの一番は、やっぱり親分さんかな。

それに、まだ結婚とか全然考えていないってのもあるし。

第七話　高価な料理

「女将よ、ふと思ったんだが……」

「どうかしましたか？　お爺さん」

「この店で一番高価な料理とはなにかと、ふと思ってしまったのだ」

「高価な料理ですか？」

今日もいつもどおり開店した大衆酒場（ジャンルはこれでほぼ確定）『ニホン』の店内において、常連であるお爺さんが、私に一番高価な料理を尋ねてきた。

さすがは、この国でも有数の大金持ち。

やっぱりそういう高価な料理にも興味があるのね。

「お二人とも、うちのお店、美味しくて安いが売りですよ～」

ララちゃんが、高い料理と言われてピンと来ないのも仕方がない。

この店において、メインとなる串焼きは一本銅貨一枚～二枚。

つまり、日本円で百円から二百円か。

その他の料理もやはり、銅貨二枚から五枚くらい。

お酒はエールしかないけど、一杯銅貨三枚。

この世界では他にもお酒はあるけど、ワインは貴重で高級なレストランでしか出ない。

ワインを蒸留して作るブランデーに至ってはもっと高価で、よほどの大金持ちしか飲めなかった。うちのお店で出すわけがない、というか誰も注文しないはずなので、庶民のお酒エールしか置いていないというわけだ。

そんな私のお店で、一番高価なものか……。

まあ、なくはない、ですが。

メニュー表には書いていないけどね。

いわば裏メニューみたいな扱いだと思う。

「ほう。興味あるから出してくれんか」

「俺様も興味ある」

今日も魔獣の解体と販売に勤《いそ》しんだミルコさんも飲みに来ていて、いつの間にかこの店の常連になっていた。

たまに従業員たちを連れて来るので、今ではいいお客さんだ。

「大銅貨二枚の一品ですよ」

だいたい日本円で二千円くらい。大衆酒場で一品二千円の商品はないだろうから、十分それを考えれば高級だ。

「この店にしては高価だな」

「『ヴィクトワール』の皿料理一品分くらいか？　俺様、もう全然行ってないけど。この店の方が安くて美味しいから」

料理方法や技術はともかく、やはり肉の鮮度や品質の問題なのだと思う。

レストランでも一皿二千円って、かなりとは言わないけど、そこそこのお店って感じかな。

「俺様も興味ある。これはお祖父様の奢りかな？」

「自分で頼め」

「お祖父様、厳しいな」

「とりあえず、一つ出しますね」

私は一旦店の奥に引っ込んで準備をする。

普段使わない食材というだけでなく、調理にもそれなりに時間がかかるからだ。

そして、程なくして、うちの店で一番高級な一品が完成した。

「熟成肉のステーキです」

私が考案した高額なメニューとは、ウォーターカウという水牛に似た魔獣の肉を熟成させ、ステーキにしたものであった。

肉の熟成にはいくつか方法がある。

温度を一度前後、湿度を七十パーセント前後に保ち、常にファンで風を送って仕上げる『ドライエイジング』。

真空パックした肉を、そのまま低温で熟成させる『ウェットエイジング』。

枝肉のまま、ただ寒い場所に吊るす『枝枯らし』など。

私の場合、店の地下倉庫に常に氷の塊を入れて冷蔵庫と同じ状態に保つのはできるけど、常に風を送るのは難しいのでドライエイジングは無理。

真空パックできるビニールがないので、ウェットエイジングも難しい。

よって、古くから日本でもやっていた枝枯らしを採用した。

その昔、日本でも冬に家の軒先に狩猟で得た肉を枝肉のまま吊るしたのが原点なので、これならこの世界でもできたからだ。

これもお祖父ちゃんに習ったことだ。

あとは、塩漬けにしたり、味噌漬けにしたりと。

肉の保存は色々と試しているけどね。

これらももう少し味を見てから、メニューに加える予定であった。

「どうです？」

「おおっ、これは肉の味が濃く、しかも柔らかくなっていて最高だなユキコ女将！」

「うむ、塩のみで食べた方が肉の味の濃厚さがわかる」

「肉を美味しく食べるのに、こういう方法があるのか。俺様、驚き。普通は保存のため干し肉にするか、定番のハーブをたっぷり使用するかだから」

「手間がかかる分、高価ということなのかな」

「それもありますけど、表面を削《そ》ぎ落とさないといけないんです。乾燥して変色してしまうので」

熟成肉は美味しいんだけど、ちゃんと熟成しないと、それはただの腐った肉でお腹を壊すリスクがある。

ちゃんと熟成できても、表面を削ぎ落とした分だけ肉が小さくなってしまう。

高くて当然というわけだ。

「俺様もやりたい」

「ちゃんと管理しないと、お客さんがお腹を壊してもしたら信用問題になりますよ。私もかなり試行錯誤したので」

日本にいた時は、道具や冷蔵庫などの機械がちゃんと揃っていたので、私はお祖父ちゃんに教わったとおりやればよかった。

この世界では、日本で当たり前に売っていた道具や機械がないので、苦労して適切な温度、湿度管理をしながら肉の熟成を試行錯誤で行い、ようやくお店に出せるレベルにまで到達したのだから。

「ネックは、肉の温度管理ね」

「温度？　俺様、初めて聞く言葉だな」

ミルコさんもそうだが、誰も温度という言葉を知らず、そもそもこの世界に温度という言葉は存在しなかったということがわかった。

当然、温度計などなく、それに湿度計もない。

私も最初、店の地下室に魔法で作った氷を置いて冷蔵庫を再現する時、それで苦労したのだから。

冬はいいんだけど、他の季節だと少しでも温度が上がってしまうと、肉が熟成じゃなく腐敗してしまうからだ。

「夏の方が肉は早く腐るでしょう？　肉を熟成する際には、水が凍る寸前の温度が最適なのよ」

「なるほど。確かに夏は、どこのお店でも肉の管理で苦労している印象があるな」

外に出しておけばすぐに腐ってしまうので、大抵のお店はうちみたいに地下室で肉を保存する。

大規模なところや、資金に余裕があるところは、氷を作れる魔法使いを雇って地下室なり倉庫を氷室状態にしていると聞いた。

でも、肉を仕入れたお店すべてが適切に温度管理できるわけではない。

夏はすぐに肉が悪くなってしまうから、大量のハーブで臭みを消す羽目になるわけだ。

「女将は魔法が使えるから有利だな。酒場を開く魔法使いは珍しいんだが」

自分も熟成肉のステーキを注文し、静かに完食した親分さんが話しかけてきた。

「親分さん、私は攻撃魔法が使えないので」

攻撃魔法が使えていたら、ハンターや猟師をやった方が稼げるんだけど。

この世界に飛ばされ、半年間サバイバル生活をしていた時、強い大型魔獣を相手するのはとても大変だった。

魔獣を倒し続けると、自分の力や素早さが上がるのは実感できたけど、一日中魔獣と戦っていたら疲れてしまう。

それに、獲った獲物がちゃんと食されているか確認できないと、なんかモヤモヤするのよね。

人間は他の生き物を食べないと生きていけない以上、無駄な殺生はよくないというのがお祖父ちゃんの教えだったから。

あとは、知り合って一緒にサバイバル生活をしていたララちゃんのためでもあるのかな。

ハンター業は安定しないし危険も多いから。

「気のせいか、俺では女将に勝てないような気がするんだよな」

「親分さん、そんなことはないですよ」

私は、ハンター、猟師としてはよくて二流。

だから、酒場のオーナーになったんだ。

歴戦の親分さんには勝てる気がしないわね。

「あと今さらなんですけど、私は『女将』じゃないですよ。店長かオーナーですから」

なんか、女将って呼ばれると、小母《おば》さんになってしまったような気がするし。私はまだ未婚で若い女性ですから。

そんなに貫禄ないですし。

「そうは言うてもな。その年で店を持つ者などそうはおらん」

「ご隠居の言うとおりだ。自分で言うのもなんだが、俺に面と向かってものを言える人は珍しいし、さらに女性となるとほぼいないな。女将が一番しっくり来る」

「ユキコ女将、格好よくていいじゃないか。俺様、そんな女将にラブだぜ。なるべく早く俺様の嫁になってくれよ」

「……あなたたちが私を女将と呼ぶと、他のお客さんたちもみんなそれに倣っちゃうのよ！」

「女将さん、据わりがいい呼び方だと思いますよ。なにしろ、親分が認めているんですから」

「ユキコさん、私は女将って呼んでないですよ」

結局、私のことを女将と呼ばないのって、ララちゃんだけだと判明した瞬間であった。

これは、新しいお客さんに期待するしかないのかな？


「どうだ？　ユキコ女将。俺様、今従業員たちと肉の熟成を研究しているんだぜ」

「う――――ん、そこはかとなく腐敗臭が……食べるとお腹壊すかも」

「なかなか上手く行かないなぁ……俺様、魔法学校の生徒をアルバイトとして雇って肉を冷蔵しているんだけどなぁ……」

数日後、昼食の時間に合わせてミルコさんが熟成肉の試作品を持ち込んできた。

だが、臭いを嗅ぐとわずかだが、ちょっと怪しい臭いがする。

これよりも酷いお肉を香味野菜やハーブを用いて臭いを消し、それを食してしまうのがこの世界の常識なのだけど。

私はこの世界の人たちほどお腹が丈夫《じょうぶ》とも思えないから、自分が口に入れる食べ物については、自分で下処理、調理したものが多かったのだ。

さすがに野菜や調味料、パンの類は、信用できるお店を見つけてそこから購入しているけど。

それも全部自分で作るとなると、時間がかかりすぎるからだ。

「ちなみに、ミルコさんが肉を貯蔵する場所は地下？」

「あたりき。俺様、そこは拘って作業場を探したから」

「なにを言うておる。スターブラッド商会の所有物件ではないか」

お昼なのに、お爺さんも顔を出していた。事前にミルコさんが伝えたのだろうけど、ちゃんと顔を出すってことは、やっぱりお孫さんが心配なんだと思う。

「お祖父様、その中から俺様がちゃんといい物件を選んだから」

「甘っちょろいことを……」

利用できるものは利用しないと、というわけね。

お爺さんは、ミルコ青年がそれをできるようになったのが嬉しいようだ。

わざと少し叱って、それを表に出さないようにしているけど。

「放課後のアルバイト代と言っても、魔法使いは高いんだけどなぁ……どうして駄目なんだろう？」

「地上の倉庫じゃないのにね。地下室なら、密閉してちゃんと氷を入れておけば大丈夫なはずだけど……」

地上の倉庫だと、地下室の倉庫よりも余計に温度が上がりやすいからだ。

常に氷を入れておけばいいという考え方もあるけど、地上の倉庫を氷室にすると、地下よりも早く氷が溶けてしまう。

結果的にコストがかかるので、それなら多少賃料が上がっても、なるべく深く掘ってある地下室がついた物件を借りた方が、結局は安くつくことになる。

地下室つきの作業場なり倉庫を借りない人は、元から氷室で食材を保存しようなんて考えないだろうけど。

「あっ！」

「ユキコ女将、なにか思いついたか？」

「ねえ、アルバイトの魔法使い、夕方しか来ないのかしら？」

「あいつら、朝から学校があるから」

「じゃあ、駄目よ」

氷室で常に冷蔵状態を保つには、最低でも朝晩二回は氷を入れなければいけない。

なぜなら、氷は常に溶け続けるからだ。

今は秋だからまだマシだけど、夏は一日に三回以上は新しい氷を補充しなければ、すぐ温度が上がって、肉などは腐ってしまう。

今でも、朝から気温が十度以上あるのが普通なのだから、朝にも氷を補充しなければ駄目だ。

「朝にも氷を補充しないと。お昼の一番暑い時間帯に氷室の温度が上がっているのよ。アルバイトの人、朝は来れないの？　氷の補充なら、十分で終わるじゃない。朝のアルバイトも募集しないと」

「なるほど。俺様もそれが気にならないわけじゃなくて、実は夕方に大量の氷を頼んでいたんだ」

「一度に大量の氷を作らせるのではなく、回数を分けた方がいいわよ」

丸一日分だといって一度に大量の氷を入れてしまうと、今度は氷室の余剰スペースが減って熟成できるお肉の量が減ってしまう。

それでいて、お昼に氷がなくなって地下室の温度が上がってしまうのだから、こまめに氷を補充した方がいいという結果になるというわけ。

「夕方のアルバイトの人数を半分にして朝に回すのがいいわね。登校前のアルバイトってことで。もしくは、ご老人の魔法使いに頼むとか」

魔獣狩りから引退したご年配の魔法使いなら、早朝のアルバイトに応じてくれる人がいるかもしれない。

魔法で氷を作って所定の位置に配置すればいいのだから、時間もそうかからないはずだ。

長時間拘束するよりも人件費を節約できるし、魔法使い側も短い時間で稼げるから、双方にとって都合がいいはず。

「なるほど、いいアイデアだぜ。俺様、早速試すぜ。それにしても、ユキコ女将はいいアイデアを次々と思いつくな」

「たまたまよ」

この世界よりは教育水準や技術力が高い世界にいたのと、お祖父ちゃんの教育の賜物《たまもの》かしらね。

天国のお祖父ちゃん、孫の由紀子《ゆきこ》は別の世界でもなんとか生活できています。

これもお祖父ちゃんのおかげです。

「そして、そんなアイデアを俺様に教えてくれるということは、つまりユキコ女将は俺に惚《ほ》れているということ。俺様はいつでもウェルカムだぜ！」

「あっ、それはないから」

「早っ！　でも、俺様は諦めないんだぜ！」

その心意気やよしなんだけど、ミルコさんに親分さんみたいな人間の重厚さは、はたして身につくのかしら？

第八話　元王様の料理人

「今日はこれまでのお礼に、俺様が昼食を奢るぜ。このレストラン、俺様が肉を卸すようになったんだぜ」

「よさそうなお店ね」

「俺様お勧めの店だぜ。だから取引しているってのはあるんだぜ」


肉の熟成についてアドバイスしてくれたお礼ということで、翌日、ミルコさんは私たちを昼食に招待してくれた。

ちょっとお高そうなレストランで、私、ララちゃん、ボンタ君はちょっと場違いかも……。

「ミルコさん、私たち普通の格好だけどいいのかしら？」

「問題ないんだぜ。ここは、ドレスコードがある高級レストランの一歩手前って感じの店だから。元は王城で料理人をしていた奴が独立して、俺様はどうにかこの店に熟成肉も卸せないか努力をしているんだぜ」

「ミルコさん、このお店のオーナーとお知り合いなんですか？」

「幼馴染《おさななじみ》ってやつだ。俺様とそう年が違わないのに、店を持った凄い奴だぜ」

「でも、ユキコさんはもっと若くしてお店を持ちましたよ」

「ララちゃん、ユキコ女将は例外すぎるぜ」

「それもそうですね」

ミルコさんは、ララちゃんを小娘とは呼ばなくなった。

ララちゃんもミルコさんを口だけ、見た目だけ、家柄だけの軽薄な奴という認識を改め、二人の関係はかなり改善したようだ。

「それでミルコさん、この店はどんな料理を出すの？」

「同業者はそこが気になるか。料理人たるアンソンが王宮料理の修業で得た様々なソースをかけた肉料理、ステーキがメインだぜ」

この世界において庶民と上流階級の人々が食べる料理の差とは？

簡単に説明すれば、ソースだと思う。

素材の鮮度の問題もあり、王族や貴族が食べる料理って、とにかくソースに凝っているのだ。

私みたいに魔法で醤油や味噌が出せるわけがないので、魔獣の骨やスジ肉、脂身、香味野菜、ハーブなどで出汁《フオン》を取り、これにちょうどいい加減の塩味や、油分などのコッテリ感を加え、オリジナルのソースを作る。

様々な食材を発酵させ、魚醤《ぎょしょう》みたいな調味料を自分で作る人もいるみたい。

それらを材料に作るソースのレシピは料理人の命であり、料理人それぞれにオリジナルソースが存在し、ソースの味の評価で料理人の腕前の差が決まるとも言われていた。

王城で働けるような料理人ということは、この店のオーナーシェフの腕前は相当なものなのであろう。

「ユキコ女将といい勝負かな？」

「そんなことはないわよ。私は、厳密な意味でプロの料理人じゃないもの」

お店で修業した経験もないしね。

ただの女子高生で、暇があればお祖父ちゃんと山に入って狩猟や解体を手伝っていたから、料理人の修業なんてしたことはない。

私はただ、お祖父ちゃんに罠などで捕獲した獲物の処理や加工、それで作る料理を習っただけだ。

お祖父ちゃんは私が生まれる前に、私のお祖母《ばあ》ちゃんにあたる奥さんを亡くしており、あの年代の男性にしては料理が上手だった。

お酒もほどほどに嗜《たしな》む人で、狩猟のあとには料理と晩酌を嗜むから、私はその作り方を教えてもらった。

そしてお祖父ちゃんは定期的に、解体した肉や内臓を友人が経営するお店に持って行った。

すると店主さんが、私たちだけに串焼きを焼いてくれるのだ。

子供の私にはジュースを出してくれて、それと食べる串焼きがとても美味しかったのを今でも思い出す。

よく私は、店主さんが手際よく串焼きを焼く様子を眺めていた。

その店主さんも、お祖父ちゃんが亡くなるとお店を閉めてしまって。

だから私は、この世界で飲食店を始めようと思った時、迷うことなく串焼きを出す酒場に決めたというわけ。

昔から串焼きを焼く様子を見ていて、なんとかなるんじゃないかと思ったから。

「私のは家庭料理、素人料理よ。ここのオーナーシェフはプロの中のプロのはずよ。なにしろ王城で働いていたんだから」

「……ふっ、身の程を弁えた店主じゃないか。平民向けの安酒場の主にしては」

「アンソン、自らおでましになるとはご苦労だな」

「よう、ミルコ。ここは俺の店なのでな」

友人であるミルコさんが来店したからか、オーナー自身が出迎えてくれたようだ。

彼の先導で席に案内されつつ話を続ける。

私たちの前に姿を見せた若い料理人は、この店のオーナーシェフにして、ミルコさんの幼馴染でもあるアンソンさんであった。

細身ながらもその体はかなりの筋肉質であり、どちらかというと料理人というよりも凄腕のハンターに見えてしまう。

真っ白でよく洗濯された調理服にコック帽を被《かぶ》っており、挨拶で帽子を取ると、その頭はツルツルに剃《そ》られていた。

多分、髪の毛が料理に落ちないようにするためだと思われる。

坊主系イケメン……僧侶じゃないけどね。

「しかし、ユキコ女将にそういう言い方は、俺様は感心しないな」

「仕方があるまい。俺は、陛下に料理をお出ししたこともある男なのでな。それにしても……」

アンソンという名のオーナーシェフの視線は、なぜかボンタ君へと向いていた。

「嘆かわしい！　君も料理人のはずなのに、その髪型は……」

とはいっても、ボンタ君は別に長髪にしているわけではない。

ちゃんと定期的に髪を切り揃《きそろ》えて短髪にしていた。

「料理人は、髪を剃るのは基本なのに！」

「そうなの？」

「王城に勤めている者は、全員そうだな」

もし陛下や王族の料理に髪が落ちていたら、これほどの不祥事はないというわけか。

だから、髪を限界まで剃ってしまう。

まるで修行僧のようね。

料理の修業は厳しいから、似たようなものかもしれない。

「そこの店主は、ちゃんと従業員に教育していないのだろう。所詮は、平民向けの店だな」

さっきから、平民、平民とうるさいわね。

そもそも、自分だって平民じゃないの。

王都における料理人事情としては、王城に勤める料理人は、代々料理人か、高級な老舗のレストランを経営している一族の人間が修業で来ていることが多いと聞く。

いくら腕がよくても、得体の知れない料理人の作るものを王様や貴族に食べさせるわけにいかかないからだ。

この人が、高級レストラン一歩手前という、微妙な立ち位置のレストランを経営している理由。

それは、彼の生い立ちや血筋だと、高級レストランを経営できないからということは明白であった。

上が詰まっているというわけね。

それなのに、私たちの店を平民向けの安酒場だと侮る。

きっと、近親憎悪の一種なのだろうけど。

「料理人が髪を剃るのは王城の流儀ですが、他はそうでもないですよ」

「そうなの？　ボンタ君」

とここで、ボンタ君が静かに反撃に出た。

料理人で髪を全部剃るのは、あくまでも王城に勤める料理人だけだと、ボンタ君は反論したのだ。

「あまり長くなく、清潔ならいいと思いますよ。あまりに髪が短いと、料理に髪が落ちた時に見つけにくいので。ようは、いかに髪が落ちないか対策するのが大切ってことです」

ボンタ君もララちゃんも私も、調理中や接客中は頭に布を巻いて髪が落ちるのを防いでいるからね。

このレストランのホールスタッフも、髪はリボンなどで纏めるようにしているようだ。

髪が落ちるからって、接客要員である女の子たちを坊主頭にするわけにいかないからよね、きっと。

「多少は料理人の常識を知っているようだね……」

アンソンという料理人がどう思おうと勝手なのだけど、いい加減お腹が空いたから早く料理を出してほしい。

えっ？

席を立たないのかって？

だって、ミルコさんの奢りなんだから勿体ないじゃない。

それに、他の料理人の、それも王城勤めだった人の料理は気になるし。

「俺の料理を堪能《たんのう》して、その差を大いに感じるがいいさ。それも勉強だよ」

さすがは、元王城勤めの料理人。

王様に料理を出したことがあるからか、えらい自信家のようだ。

私たちのような未熟な素人は、俺の料理で勉強しろと言ってきた。

「（ユキコさん、さすがはミルコさんのお友達。自信満々ですね）」

「（悪気はないみたいなのよね……）」

小声で、ララちゃんとアンソンさんについて議論する。

自信家ゆえの偉そうな発言で、多分悪気はないのだろうけど、少しイラっとくるのも事実であった。

早く料理を食べてお店の仕込みに戻ろうかしら。

「待たせたな！」

相変わらず自信満々のアンソンさんは、友人であるミルコさんがいるからだろうけど、自ら料理を持ってきた。

ステーキとスープとサラダとパンという、定番のメニューであった。

夜の営業では、もっと多彩なコースメニューを出すそうだ。

行く時間がないけど。

「女将さん、ソースがかかってますね」

「これが、料理人の命ってわけね」

料理人はそれぞれにソースのレシピを持ち、家族にもそれを教えないそうだ。

美味しいソースを作れる料理人には多くの客がつくわけで、実際、アンソンさんのお店も多くのお客さんで賑《にぎ》わっていた。

王族や貴族は来ないけど、裕福な平民や商人が高級店より少し安い値段の料理を楽しめ、味は高級店にそう劣らないというのが売りで、肉もミルコさんが上手に処理、解体した肉を仕入れているから、素材の質も高級店に劣らないはず。

人気が出て当然と言えた。

「お肉は新鮮で獣臭くないですね」

「ボンタ、俺様、これでも苦労したんだ」

元は私が教えた血抜きや解体の方法だけど、教わってできるかどうかは別の話だ。

ミルコさんは、この短期間でよく会得したと思う。

なにより、ちゃんと人を雇って黒字経営にしているのが凄かった。

最初の印象は悪かったけど、やはりあのお爺さんの孫なのよね。

「ウォーターカウの骨を使っていると思いますけど、ソースが軽いのに濃厚で美味しいです」

「ボンタ君、詳しいわね」

「昔作っていたので。こんなに美味しくは作れないですけど……」

これ以上は話してくれなかったけど、やっぱりボンタ君は料理人としての修業経験があるようね。

だって、うちに来てすぐに即戦力認定されたくらいだから。

しかも、ボンタ君はまだ十五歳。

これからいい料理人に成長するはずだ。

「ユキコさん、このお肉は新鮮ですけど、熟成肉を使えばもっと美味しいですよね」

「そう一概には言えないかな？」

世の中には、熟成していないフレッシュな味の肉を好む人もいるから。

うまみ成分の差がダンチなので、大半の人たちは熟成肉の方が美味しいと言うだろうけどね。

そう言っておかないと、あの自信満々なアンソンさんが怒りそうだから。

早く食事を終えて仕込みに戻りたいし。

「俺様も、あの熟成肉に感動して、再現を試みているんだけど難しいよな」

ミルコさんは、温度管理を完璧にすればすぐに会得できると思うけどね。

この店に熟成肉が入れば、この店のソースと合わせてまた人気になるんじゃないかしら？

「あっ、でも。この前、ユキコさんが賄いで出してくれたステーキは美味しかったですね」

「僕も、あのソースが美味しくてビックリしました。お肉は普通の肉でしたけど、こっちよりも美味しかったですね」

「ボンタさんもそう思いました？　私もです」

「あっ、二人とも……」

まだここには、私たちからの賞賛の声を聞きたがっているアンソンさんがいるというのに、彼のステーキよりも私の賄いの方が美味しいなんて言ったら……。

そう思って二人を止めようとしたのだけど、残念ながらそれは間に合わなかった。

「はあ？　俺よりも、そっちの女店主が作った、それも賄いの方が美味しいだと！」

「その人の好みの問題かなぁ……てね」

ここでアンソンさんとケンカなんてしても時間の無駄なので、早く昼食を食べて仕込みに戻りたいのだけど……無理そうね。

「ボンタとやら！　本心からそう思っているのか？」

「はい。このソースはとても素晴らしいのですが、すでにある程度技法が完成しているものなので、他店でも似たようなソースばかり出てきてしまいます。だから僕は、わずかな塩味の差や、臭みやエグミなどが出ていないかを確認してしまいます。女将さんのソースは、僕は初めて食べたものだったので、それを確認することも忘れて感動してしまったのです」

「このソースは美味しいですけど、私はユキコさんのステーキにかかっていたソースの方が美味しいと思います。私の故郷って貧しかったので、ハーブを食べ慣れてなくて……あまり使っていない方が……」

この世界の調味料って、塩、ハーブ類、香味野菜くらい。

魚醬もあるけど、これをソースに使うのは腕のいい料理人ほど下品だと言って嫌がる。

魚は足が早いので、たとえ魚醬でも高貴な身分の人たちに食べさせられないという考えがあるそうだ。

材料が限られているので、似たような味になって当然であろう。

ゆえに奥が深いとも言える。

その細かい味の差がわかる人限定だけど。

私の場合、魔法で出せる味噌と醬油がある。

他にも、私には凄腕の料理人が持つタブーがないので、自由に味をアレンジできるのもよかった。

「おい、女店主！　俺よりも美味しいソースを作れるだと？」

「他薦なので、自分からはなんとも……」

だから、この人と喧嘩している時間が惜しいんだって。

こうなるなら、ミルコさんにこの店に連れて来てもらわなければよかった。

「(今度は、親分さんお勧めのお店に案内してもらおうかな……)」

「そんなぁ！　俺様、ユキコ女将に新しい料理を食べてもらって、新メニューの参考にでもしてもらおうと思ったのに！　こら！　アンソン！　突っかかるのはやめろ！」

「知るか！　こうなれば、その新しいソースとやらを試食させてもらわなければ俺は納得できんぞ！　さあ、そのソースを作ってみやがれ！」

　こうして私は、なぜかレストランでの食事から、その店のオーナーシェフとのステーキソース対決に強制参加となってしまったのであった。


「アンソン、久しいな」

「スターブラッドの爺さん、生きてたか」

「元気すぎて、なかなかあの世からお迎えが来なくてな。お主、店はどうした？」

「女店主の新しいソースを拝むため、今日の夕方の部は多少遅れても仕方がないと思っている」

「難儀な性格だな。ミルコとまるで逆だ」

「お祖父様、それはないと、俺様思うな」

　昼食後、私が作るソースを試食するのだと言って、アンソンさんは私たちの仕込みが終わった時刻に『ニホン』に顔を出した。

　私が作る、ステーキソースの味を確認するためだ。

　ミルコさんが伝えたようで、お爺さんと親分さんが駆け付けてくれたけど、なんだか悪いような気がするわ。

「とは言っても、そんなに難しいものではありませんよ」

この世界のプロの料理人みたいに、何日もかけてソースを作るわけではない。

細かく刻んだタマネギとキノコ、トマトなどで作る『なんちゃってシャリアピンソース』であった。

他にも、醬油と味噌を使ったソースなら簡単に作れるので、それをステーキに流用しただけなのだから。

私もフォン・ド・ボーに似たソースを作ったことがあるけど、作るのに何日もかけていられないので、時短で手抜きをして、醬油を入れて誤魔化すとかもしていた。

そういえば、昔のフランスでは国王のルイ十四世が九州から輸入した醬油をこよなく愛したとか。

それと同じように、この世界の人たちも醬油の美味しさに気がついたというわけだ。

あと、味噌もか。

両方とも、私が一日に決まった量を魔法で出すしか入手方法がないけどね。

「どうぞ」

さっさと勝負を終わらせたい私はアンソンさんに、『熟成肉のステーキ、なんちゃってシャリアピンソースかけ』と、味噌ダレソースがけを出した。

「見たことがない調味料だな……小さく刻んだ野菜を使ったソースか……うっ、美味い！　本当に美味ぃ！　肉も！　ミルコぉ――――！」

「今、肉の熟成で試行錯誤してんだ！　ちょっと待ってくれと、俺様は言うぞ！」

「ちくしょう！　肉もソースも負けた！」

アンソンさんは料理人としての実力に自信があったからこそ、自分のソースの方が美味しいとは料理人のプライドに懸けて言えなかったようだ。

敗北を素直に認める度量はあるのであろう。

「ほほう、誇り高き料理人であるアンソンをして素直に負けを認めるか。確かにこのソースは美味いな！」

「これではアンソンの負けだな。同じ肉を使ったとしても、この野菜を沢山使ったソースは今まで味わったことがないくらい美味しい」

お爺さんと親分さんは、ちゃっかりとアンソンさんが残したステーキを試食し、その味を絶賛してくれた。

初めて食べたからってのが余計に大きいと思うけど。

「とはいえ、私の料理の技術は、アンソンさんよりも下ですけどね」

やっぱり、醬油と味噌という調味料の美味しさが圧倒的なのだと思う。

あとは、料理人に一番不要な固定観念の問題もあるかな。

アンソンさんは、元々王城で王様が口にする料理を作っていたので、腕は私よりも圧倒的に上のはず。

だけど、王城内で料理人として出世していこうとすると、自分のフォン・ド・ボー風のソースを完成させ、それを必ず料理に使う。

醬油はなくても魚醬があるのに、それを下品でお腹を壊す可能性があるからと意地でも使わない。

それを食べさせた結果、王様や王族になにかあると困るので、王城ではそれでも仕方がないのだろうけど、アンソンさんは王城の料理人を辞めて独立しても、王城でのルールを崩さなかった。

「肉のカットの仕方、筋の裁断もとても上手で、アンソンさんのレストランの肉はとても柔らかかった。焼き方も、私もボンタ君も徐々に腕を上げているけど、やっぱり本職には劣ってしまう。でも、私は王城に勤めている、勤めていたプロの料理人が必ず仕込むソース以外のものを作って、意外性で勝利したわけ」

もし同じ料理を作って対決しろと言われたら、私は絶対にアンソンさんには勝てないはずだ。

「料理は時を経るごとに進化するもの。新しい料理と味の探求を怠っては駄目よ。アンソンさんの料理に使っているソースだって、最初に発明した人がいるはずよ」

「確かに、女将の店の串焼き、新鮮な魔獣の肉や内臓を使った料理はそうだな」

「ミソニコミとかだな。あれは、他の店にはないものだ」

まあ、私の料理も日本の店では普通に出されている料理だけど。それでもお祖父ちゃんから教わった料理を私流にアレンジしている。

私は美味しければそれでいいので、アンソンさんほど頑《かたく》なではないと思う。アンソンさんの肉の焼き方も学びとりたいなって思っているし。

「アンソンさんは王城の料理人を辞めて独立したのだから、お店に来るお客さんが喜びそうな料理を出せばいいと思う。私と比べる意味ってあるのかしら?」

現状、アンソンさんの料理は人気であった。

高級店よりも安く、王様や貴族が食べる料理に近いものが食べられるからだ。

だから、私の料理と比べる意味はないのよね。

ちゃんとレストランとしての売りがあるのだから。

「俺様もそれはおかしいと思っていた。いちいちユキコ女将やボンタに食ってかかって。自分の方が完全に格上の料理人だという態度なのに、どうして格下だと思っているユキコ女将たちに絡むんだ？　本当に自分の方が上だと思うのなら、普通は気にしないはずだ」

確かに、今アンソンさんのお店はお客さんで一杯なんだから、私たちに対抗する、食ってかかる意味はない。

どうしてあんなことをしたのかしら？

「俺は、王様にも料理を出していた料理人。ところが王城内で、料理人としての立場は低いままだった」

アンソンさんによると、王城の料理人とは、実家の力と、つき合いのある貴族の力が左右する場所なのだそうだ。

大半は代々王宮料理人の家系か、実家が高級レストランを経営している人たちになってしまう。

平民出のアンソンさんだが、料理人としての才能はあったし、定期的に王様が食べるメイン料理を担当していたが、それは他の家柄がいい料理人たちの嫉妬を生んだ。

色々と嫌がらせもされたそうだ。

「それが嫌になって、俺は王城の料理人を辞めて店を立ち上げた。だが、俺は高級レストランを経営できないのさ」

やはりそこでも、家柄とコネが左右してしまう。

いわゆる高級レストランと呼ばれるお店の数は決まっていて、いくら才能があっても実家が高級レストランではない、平民出のアンソンさんが経営できるのは、今のランクのお店が限界だそうだ。

う――――ん。

ややこしい話ね。

日本なら、まずあり得ない話だわ。

「それでも俺は、努力して店を繁盛店にした。だが、それでも実家が高級レストランの奴らが……」

突然店に来て、アンソンさんに嫌味を言い放ったらしい。

『貧乏舌どもを誤魔化して稼げるから、楽でいいな』とか、『客層が低いから、店が臭い』とか。

わざわざそんなことを言いに来てプレッシャーを与えようとしている時点で、彼らはアンソンさんのお店に脅威を感じているのだと思うけど、これまで悪徳に晒《さら》されてきた彼はそう思えなかったみたい。

そして、続けざまにこうも言われたそうだ。

『そういえば、低レベルなお前の店よりも、下町の裏通りにある『ニホン』とか言う変な酒場の方が客が多いと聞くけどな』

『同じ低レベルなものを出す店同士とはいえ、王城でもっとも優れた若手料理人だと言われていたアンソンさんが負けるとは……やれやれ、とても残念ですよ』

というトドメの発言を受け、アンソンさんは私たちに隔意を抱くようになってしまったらしい。

「高級レストランの経営者一族のボンボンたちは、暇でいいわね」

そんな時間があったら、修業か仕込みでもしていなさいよ。

「店の格だけで太客が勝手に来るのでな。中には、首を傾《かし》げる味の店もあるぞ」

「そうなんですか。高いお金を取っているのに」

高額で不味いとか、老舗で、なにもしなくても金払いのいいお客さんが沢山来るから、それに胡坐をかいているわけね。

「ワシもたまに嫌々つき合うがな。女将の店の串焼きを食べてしまうと、大量のハーブで肉の臭さを誤魔化した料理など食べたくないぞ」

そういえば、私と同じ方法で肉の下処理と解体をやっているのは、ミルコさんだけなのよね。

「俺様、新興の精肉店だから、高級レストランからは相手にされないんだぜ。どうせ上から目線でくるだろうから、俺様の方からお断りだけど」

確実に、お肉はミルコさんの精肉店の方が獣臭くないし、質もいいはず。

でも、勝手にお客さんが来てくれる高級レストランは、自分たちが作る料理を改良したり、ましてや新しい料理なんて作らないはずだ。

伝統的な料理を、伝統に拘る貴族たちが食べるから、新しい料理を出すのは……という理由もあるのだけど、獣臭い肉はハーブで誤魔化すという古くからの伝統をなくせないというのもあるのかもしれない。

人は、なかなか新しいことに挑戦できないからだ。

「ああいう店は、古くからつき合いのある精肉店があるのでな。そのお店が肉の処理を変えないのであれば、肉が獣臭いままなのは仕方がないことだな」

うーーーん。

となると、いつか行ってみたいと思っていた高級レストランだけど、そんなに美味しくないのかしら？

「俺も前に何回か連れて行ってもらったが、もの凄く美味しいということはないな。メニューも似たり寄ったりだしな」

「親分さんも、高級レストランに行ったことがあるんですね」

「まあつき合いでな。こういう仕事をしていると、たまにあるのさ」

さすがは、この地区を取り仕切る自警団の親分さんね。

「俺が自分で金を出して食べるのであれば、やはり女将の店を選ぶかな」

「ありがとうございます、親分さん」

親分さんに褒められると、やっぱり嬉しいものね。

「値段ばかり高価な店で食べる、ハーブの味しかしないステーキよりも、女将が肉を熟成させたステーキの方がいい」

「親分の言うとおりだな。腐りやすい肉を熟成させるとは、女将にしか思いつかないであろうよ」

すいません、お爺さん。

それでも、この世界の設備や食材で、納得のいく味を再現するのには大分苦労させられたけど。お爺ちゃんが狩猟で得た肉を熟成させるのが好きで、私もよく手伝っていたから。

「お前さんの店の料理は、老舗であることに胡坐をかいた連中よりはマシだが、そんな連中のことを気にしてばかりで味がとっ散らかっている。お前さんは、独立して自分の店を持ったんだろう？　どうして女将みたいに自分の味を模索しない？　王城で働いていた頃と同じことをして、それでもバカどもから批判されたら女将たちを下に見て、自分の自尊心を満足させる。くだらない男だな」

「なにを！」

「違うというのか？」

親分さんがただ一言そう問《と》い質《ただ》すと、アンソンさんはまるで萎《しお》れた菜っ葉のようになってしまった。

怒鳴らなくても、抜群の威圧感よね。

「お前さんの友人であるミルコも、前はご隠居の力を利用して楽に商売を成功させようとするくだらない男だった。だが今は、自分で魔獣を解体し、獣臭くない肉を売《う》り捌《さば》き、独自にお得意さんを増やしている。お前さんにも、友人としてのツテでいい肉を卸しているじゃないか。なぜ、友人の変わりぶりを見て自分も変われないのだ？　お前さんが自分の店を将来どんな風にしたいのかは知らないが、どうするにしても自分で考えなければいけない。わざわざ嫌味を言いに来る連中に引きずられてしまうお前さんに、果たしてそれができるのか？」

「それは……」

腕はいいけど、古くからの手法に拘り続けてしまい、新しい料理を研究できない。

実家が老舗の高級レストランではないという理由だけで、腕はいいのになかなか出世できなかったアンソンさんが、独立しても高級レストランのやり方に拘ってしまうなんて、皮肉な話よね。

王城勤めの頃のしきたりに反発しつつも、それから抜け出せていないのだから。

「女将はどう思う？」

親分さんから話を振られたので、頑張って自分の考えを述べてみた。

「料理なんて、どんな伝統料理でも最初に開発した人がいて、その人も古い料理に拘る人たちから批判されたのかなって。でも、本当にいい料理なら、多くの支持者が出てそれが伝統料理になるんですよね。私は料理は美味しければオーケーで、美味しければお客さんも沢山来てくれて、お店も黒字になる。結果的に美味しくて愛される料理が歴史に残るだけの話で、だから試行錯誤は続けていますよ」

「独立したのだからそうするのがいいはずだが、お前は暇つぶしで自分の店をからかいに来た、かつての同僚たちの言うことを気にし、王城で作っていたものと大差ない料理を作り、女将を下に見て自分を誤魔化している。暫くは王城で出されている料理に興味がある連中が来て店は繁盛するだろうが、そのあとが怖いな」

確かに、アンソンさんが作る料理は恐ろしいまでに、王城で作られるメニューそのものだった。

今来ているお客さんたちがそれに飽きてしまったあと、お客さんが来てくれる新しい料理を出せるだろうか？

そこからが、アンソンさんの料理人としての勝負どころだと私も思っていた。

「少なくとも、俺は行かないな。料理が美味しいわけではなく、王様も同じような料理を食べているなんて、曖昧な売りで客を呼んでいるような店にはな」

「俺は、料理人としての腕を懸命に磨いてきたんだ！」

「なら、それを新しい料理の創作に向ければいいだろう。美味しければ客は来る。お前は王城での料理人生活に嫌気がさして独立したくせに、貴族や大金持ちだけ客になってほしいのか？　お前をからかいに来れるほど料理もしていない、老舗高級レストランのボンボンたちの言うことを気にするのか。おかしな奴だ」

現状、アンソンさんの店は成功しているから、私たちに無用なちょっかいをかけてこなければいいわけで、将来彼のお店からお客さんが消えても、それは彼自身の責任なのだし。

冷たいと思われるかもしれないけど、それが独立するということなのだから。

「俺は、権威的な王城の料理人を辞めて独立したのに、まだ彼らの流儀に拘っていたのか……。本当は、俺が考えてもいなかった料理で評判がいい『ニホン』に嫉妬していただけなのに、場所や客層が下品だとバカにして……俺は、ろくに料理もしないくせに、老舗高級レストランの跡取りだからと胡坐をかいている連中と同じレベルだったのか……」

「客観的に見るとそうじゃな」

お爺さん、そこでトドメを刺さなくても……。

でも、言ってあげなければわからないこともあるか。

「アンソン、これだけは覚えておくがいい。失敗はしてもいい。それを指摘された時、気がつき修正できる奴は愚かではない。それができる者は必ず成功するのだから」

「爺さんの言うとおりだ……失礼した」

そう言い残すと、アンソンさんは私の店をあとにした。

彼がこれからどうするつもりのかは知らない。新しい料理を模索するか、伝統に拘り続けるか。

でもそれは、あのレストランのオーナーである彼が考えること。

このまま今のメニューを続けても、客は減らないかもしれないので、下手にメニューを変えない方がいいという考え方もあるのだから。

「どちらを選択しても、成功すればよかったと言われ、失敗すれば悪く言われる。私は、このお店を保つので精一杯よ」

「それができない奴の方が多いのさ。これまで多くの店が潰れるところを見てきたのでね」

「だとすると、親分さんのところもお店からショバ代を取るのは大変なんですね」

経営状態が悪かったり潰れたお店からはショバ代を取れず、新しいお店が続きそうなら、すぐに交渉しに行かなければならないのだから。

「長年続く老舗は、俺たちの稼業にとってはありがたい。だが俺個人で食べに行くとなると、新しい料理やサービスを始めたお店を試したくなる。これはなかなかに矛盾した話なのさ」

先がわからない美味しい新店よりも、味は微妙な老舗の方が自警団の存続に貢献しているけど、個人としては前者を応援したいわけね。

「この稼業の大変なところさ。女将、あのステーキのお代わりはないのか？」

「ありますよ」

「俺様ももっと欲しい」

「ワシもだな」

今はまだ営業時間中じゃないんだけどね。

みんな常連さんなので、今回は特別に出してあげましょう。

メニューとしては高額なので、そこそこ儲かるんだけどね。


「はははっ、俺は天才料理人アンソン！『ニホン』の店主に目にものを見せてくれる」

「はい？」

「俺の新作料理を食え！」

数日後、ララちゃんとボンタ君とで仕込み前の昼食をとっていると、そこに鍋を抱えたアンソンさんが飛び込んできた。

会心の新作料理を食べさせてやるという約束だったわね、そういえば。

彼が抱えるお鍋から、とてもいい匂いがしてくる。

「新作料理ですか？」

「そうだ！俺自慢のソースを用いつつ、お前さんが作ったステーキソースのように新しい味にも挑戦している。味を見てくれ！」

とアンソンさんから言われ、私たちに一皿分ずつの料理が配られた。

「見た目は、ビーフシチューみたいね」

ステーキにフォン・ド・ボーに似たものを基本としたソースがかかっているのではなく、大きめにカットされたステーキ用のお肉が、ビーフシチューに似たルーに浸っている感じだ。

というか、ビーフシチューそのものだわ。

早速一口食べてみる。

「ウォーターカウのスジ肉を大量に使ったソースみたいだけど、ソースほどくどくないわ。トマト、ニンジン、タマネギ、セロリ、ワイン……は高価だから、これはエールを調理酒代わりにしているようね」

「さすがはユキコだな」

てっ！

この人、いきなり私のことを呼び捨て？

まあ、こういう性格の人に注意しても無意味そうだから言わないけど。

「お肉が柔らかいですね」

「野菜もよく煮えていて美味しいです」

アンソンさんのビーフシチューっぽい料理は、ララちゃんとボンタ君にも好評だった。

そういえば、この世界に来て初めてビーフシチューを食べたような……。

もしかしてなかったとか？

「実はこういう料理は前からあったんだけど、王城では作られなかったんだよ」

使える食材が乏しいと具入りの薄いスープみたいな感じになって、高貴な人々の口には合わないと思われた。

逆にソースをそのまま使うと……ソースは味が濃くて脂っこいから、生活習慣病になりそうね。

そこでアンソンさんが、スープも全部食べられるよう塩分濃度を落とし、トマトやワインなどの材料を加えて味を調整し、ビーフシチューモドキが完成したわけだ。

「正直なところ、お昼の部で毎日オリジナルソースがかかったステーキだと飽きるからね」

「日替わりで別のメニューを出せるように研究中だ。この料理も評判いいんだぜ」

「よかったですね」

新しいメニューが人気なら、もし今のステーキが飽きられてもお客さんが来てくれるからだ。

「ただ一つ、気になることがある。ユキコがステーキに載せていたソースの元になっている調味料だ。あれはなんだ？」

と言われても醬油と味噌なんだけど、私は自分のお店で使う分を魔法で出しているだけなので、これを製造しろと言われても困るかな。作り方も知識としてはあるけど、再現には時間がかかりそう。

下手に他人に教えるわけにいかないし。

知っているのはララちゃんだけだけど、彼女は誰にも漏らさないしね。

「ソースの秘密は、親にも話さないんでしょう？」

「そうなんだよな。あれがあればなぁ……魚醤っぽいけど、ちょっと違うんだよな」

「元王宮料理人が、魚醤なんて使うのね」

「嫌がられるけど、俺は何度か試したことがあるんだ。それで余計にバカにされたがね。『あんな下品で汚いものをよく使う』ってな」

魚醤は私も使ってみようかと思ったのだけど、使う魚の種類や塩の質、発酵させる条件で味が変わりすぎて、うちの店では採用していないのだ。

材料の魚が肉以上に悪いものばかりで、衛生管理が……という理由もあった。

やっぱり、醤油と味噌は偉大よね。

お米も食べたいけど、この王都では今のところ見つかっていない。

店の経営が安定したら、本格的に探しに行こうかしら。

「ならば、ユキコ！　俺と一緒になって店を二つ経営するのはどうだ？」

「えっ？」

なに？

この人。

私にいきなり求婚して来たんだけど。

でも、アンソンさんも悪くないけど、やっぱり私は親分さんみたいな人がいいかな？

「私は大人の男性が好きなのよ。ごめんなさい」

「俺はもう二十二歳で、大人の男性だぞ！」

残念。

親分さんは三十一歳で、アンソンさんよりも圧倒的に大人の男性に見えるから。

アンソンさんは見た目どおりの年齢だけど、十年近くも王城で働いていたってことは、昔の日本の料理人みたいなのね。

「ちなみに、ミルコさんも同じくらいですか？」

「あいつは俺の二つ下だ。スターブラッド家の子供だから、本当は俺が一緒に遊べる立場になかったんだが、爺さんの方針で近所の一般家庭の子供たちとも遊んでいたな」

お爺さんは、周囲の人たちが思っているほどスターブラッド家を名門とは思っていないから、社会勉強で普通の家の子供たちとも遊ばせたのだと思う。

つい最近まで、それはまったく役に立っていなかったけど。

「つまり、俺はあいつよりも大人の男なのだ。ユキコも安心だろう？」

「ええと……」

懸命に修業して自分の店を出せている分、ミルコさんよりも大人か？

「こらっ！　俺様の悪評を吹き込むな！」

ここでさらに、ミルコさんも姿を見せた。アンソンさんの新作料理を試食するため、ここに来る約束になっていた、のをまた今思い出したわ。

「アンソン、お前はユキコ女将が狙いなのか？」

「然り！　彼女は俺に相応しい女性だ。一緒にレストランをやれば、お客さんが沢山くるぞ」

「なにを！　俺様と二人で精肉店と酒場をやる方がいいに決まっているじゃないか。俺様の方がユキコ女将と先に知り合ったんだ！」

「先もあとも関係あるか！　ユキコは俺の料理の腕前に感心していただろう？　優れた男に女は惚れるのさ」

「俺様の方が若いし、将来は精肉店を大きくしてユキコ女将に相応しい男になるさ！　俺様には将来があるんだぜ！」

「人を年寄り扱いするな！　二つしか年齢が違わないだろうが！」

「二十代で二歳差は大きいんだぜ！」

「愚かな。ユキコは大人の男性が好きなんだ。つまり、ミルコよりも俺の方がいいというわけさ」

「見た目はそんなに違わないだろうが！」

勝手に、私を巡って争わないでくれるかな？

もし営業時間内だったら、ボンタ君に言って追い出してしまうところなのだけど。今そんなことをしたら余計に話が拗《こじ》れそうだ。

それに今のところ、私は結婚するつもりなんてないけど……。

アンソンさんがこれから次々と新作メニューを開発してくれそうなので、私もレシピを教えてもらえば店のメニューも増えて万々歳かな。

でも、私と結婚したければ、親分さんよりもいい男になってね。

第九話　不公平な現実

「……今日はお休みだったわね。でも、王都の外に採集に出かける日だったはず」


目を覚ますと、まだ外は暗かった。

かなり早く起きてしまったようだ。

このまま二度寝をするのもいいだろう。

無理に起きると、隣で気持ちよさそうに寝ているララちゃんを起こしてしまうから。

ララちゃんはお店の看板娘としてよくやってくれているし、今日も狩猟と採集につき合ってくれるそうだ。

『無理をしないで、年頃の女の子らしくデートに出かけてもいいのよ』って言ったら、『相手がいませんし、周囲にいる男性って、ミルコさんとアンソンさんですよ』って言われてしまった。

ボンタ君が何気に範囲外になっていて可哀想だったけど、それを指摘するのはもっと可哀想なので、なにも言わないことにする。

彼ももっと大人になれば、体格通りに頼り甲斐《がい》があっていいと思うのよね。

仕事ぶりも真面目で優しいし。

ミルコさんにとってララちゃんは幼すぎて守備範囲外で、アンソンさんもララちゃんにそういう気持ちは持っていない。

二人とも、どういうわけか私を狙っているらしいけど、私はあまり女性っぽくないし、胸も控えめだからなぁ……。

髪も手入れが面倒だから、大分伸びたけど後ろでポニーテール状に束ねているだけだ。

本当に、馬の尻尾みたいになってきたわね。

まあ、シャンプーとコンディショナーは採取した薬草や魔獣の素材などで自作しているから、臭かったり、ゴワゴワになってはいなかったけど。

そういえば、前に親分さんも黒髪が綺麗でいいなって言ってくれたし！

やはり、あとは胸があれば……。

というかさぁ……。

私の胸……Bカップって、それは中途半端すぎでしょう！

むしろAAとかなら、そういう小さな胸が好きな男性が……いやそういう人はパスね！

私も胸が大きければと思わずにいられなかった。

親分さんは、胸は大きい方が好きなのかしら？

店だと聞きづらい……。

「あれ？　ララちゃんの胸……」

お店がオープンしてから、わずかな期間で大きくなってない？

気のせい……いや、私たちは毎日同じベッドで寝ていて、私は横になったララちゃんの胸の盛り上がり位置をちゃんと確認している。

あきらかに、ララちゃんの胸は以前よりも大きくなっていた。

「理不尽な……」

世界は違えど、神様は不公平である。

もう十六歳で残り時間が少ない私に対し、まだ十四歳のララちゃんは、むしろこれからが成長期だ。

今でも胸の大きさで負けているというのに、あと数年でさらに差がつくのか……。

不公平すぎるわ！

私だって、親分さんが思わず視線を顔の下に向けてしまうほどの胸が欲しいわよ！

ララちゃんと最初に出会った時、すでに私の目分量でＤカップはあったはず……。

魔猿《まえん》の襲撃で家族と故郷を失ったララちゃんは、王都までの道を狩猟採集で得た成果のみで生き延びてきた。

つまり、栄養不足気味だったはずだ。

一方私の方は半年間、ちゃんと必要な栄養……特に胸の土台を作るタンパク質……を豊富にとっていたはずなのに……。

ハニービーのハチミツで糖質も必要量をちゃんと摂取していたわ。

これに加え、昔ネットで調べた胸が大きくなる体操を毎日確実にこなしていたというのに……。

胸にまったく変化がないってどういうことなのかしら？

筋肉量も増え、召喚直後に比べて魔獣を狩るのが楽になったというのに、私の胸はそのままだ。

こんな理不尽なことがあっていいのだろうか？

いや、まったくよくない！

「実は詰め物とか？　なわけないよね……ちょっと参考までに……」

別に私は女好きではないけど、ついララちゃんの寝息により定期的に上下する胸を触りたくなってしまった。

これも、私の胸を大きくするための研究、観察ってわけよ。

決して、ミルコさんのように邪《よこしま》な理由で女の子の胸を触ろうとしているわけではないのだから。

実際に、彼がそんなことをしているのかは不明だけど。

「では……むむ、張りがあるのに柔らかい……」

この大きさで、ノーブラなのに寝ても形崩れせず、触るとまるでマシュマロのように柔らかい。

羨ましい気持ちが増幅していったのもあって、ついララちゃんの胸を揉《も》み続けてしまった。

そして、そのせいでララちゃんは目を覚ましてしまう。

「ううん……あの、ユキコさん。ユキコさんはなにを？」

「研究です」

そう、私もララちゃんみたいに大きな胸を手に入れるのだ！

「……あの私……女性には興味ないんですけど、ユキコさんならいいかなって……」

「私は、まったくよくないわよ！　というか、誤解だから！」

ひひっ
ムーーッ

なぜか、顔を真っ赤にさせたララちゃんから恥ずかしそうにそう言わてしまい、私は慌てて彼女の決意を拒否する羽目になってしまうのであった。

私も胸を大きくして、親分さんの視線を集めてみたい。


「胸の大きさ?」

「はい、世間一般の男性の意見を聞いてみたいかなって」

今日はお店がお休みで、前から計画していた親分さんとの狩猟と採集のため、王都から少し離れた森へと向かっていた。

その道中で、私はあくまでも世間話風を装って、親分さんに好きな女性の胸の大きさを聞いてみたのだ。

あくまでも、『男性って、胸が大きい女性が好きな人が多いじゃないですか。親分さんはどうなのかなって』的な、軽さを交えたニュアンスでだけど。

真面目に聞いてしまうと、まるで私が胸が小さいことで悩んでいるように思われてしまう……実際に、胸の小ささには悩んでいるけどね。

「あまり気にしたことがないな。しかし、女将はどうして急にそんな話を?」

「俺様にはわかる! ユキコ女将は、年下であるララちゃんよりも胸が小さいのを気にしているんだ。でも安心してくれ! 俺様は、ユキコ女将の胸が小さくても全然気にしないから!」

「俺もだぜ！　ユキコの胸が小さいくらいなんだ！」

「うるさい！」

親分さんと共に採集についてきたミルコさんとアンソンさんだが、あまりに大きな声で人の胸が小さいと言い始めたので、私は落ちていた木の枝を二人に向けて全力で投げつけた。

「「うべっ！」」

少し長い木の枝は、二人の顔面に直撃する。

投石で鳥を撃ち落とせる、私のコントロール力を侮らないで！

「まったく、親分さん以外の男子は……ボンタ君はどうなのかしら？」

「僕も、あまりそういうのを気にしたことないですね……気にしないかなぁ……」

ちょっと怪しいけど、まあいいか。

そんな話をしているうちに、目的地である森に到着したのだから。

「キルチキンの生息地か……」

「アンソンさん、知っていたんですね」

「見習いで王城に入ったばかりの頃は、よく自分で獲りに行ったものさ。卵は自分で採取しないと、高くて数を買えないからな。練習も満足にできないのさ」

この世界において、卵は高価な食材であった。

養鶏が存在しないので、すべて魔獣から採取するしかないからだ。

料理人は――特に高級とされる料理を作る料理人は、卵料理を覚えなければならない。

ところが卵は高価なので、見習い料理人に扱わせるなどまずあり得ない。

アンソンさんは見習い料理人の頃、ここで採取した卵で練習をしたようだ。

「ミルコさんもそうですけど、アンソンさんもハンター経験ありですか」

「高価な食材は自分で獲らないと、全然練習できないからな」

見習いや新人に高価な食材で練習させてくれるほど、料理人の世界も甘くはないというわけか。

もし失敗してしまえば、食材を無駄にしてしまうからであろう。

いわゆる料理の値段が安いとされる飲食店では、まず卵料理などほとんど出てこないのも、そのためであった。

「キルチキンは危険な魔獣ですけどね」

キルチキンとは、かなり大きくてクチバシが鋭い鳥型の魔獣であった。

木の上に夫婦で巣を作って卵を産み、そこで温めて孵化《ふか》させてから育てる。

素早く飛べるし、なによりそのクチバシの鋭さは有名であった。

レザー系の装備など、容易に貫通してしまうのだ。

ワイルドボアやウォーターカウと同じくらい、狩る時には注意を要する魔獣であった。

少なくとも、地球の鶏と同じ風に考えると大怪我をしてしまう。

クチバシでの攻撃なのであまり死ぬ人はいないらしいけど、目を突かれて失明してしまう人は意外と多いそうだ。

「女将は卵が目当てなのか」

「はい、仕入れると高いので、うちのお店だとメニューに入れにくいんですよ」

ただ、今では高価な熟成肉を使ったメニューもあるので、少しだけなら卵料理もメニューに入れていいかなと思ったわけだ。

試しに自分たちで採取した卵を材料に試作品を作ってみて、評価がよければお店のメニューにするというわけ。

「卵はいいよな。オムレツにしてさ」

この世界でも、卵料理の王様はオムレツであった。

腕のいい料理人の条件として、オムレツを上手く焼けるかどうかというものも入っているそうだ。

当然アンソンさんは、卵料理も上手に作れるはずだ。

「キルチキンのお肉もほしいですね」

うちのお店、日本基準だとヤキトンの店だからなぁ……。

猪も鶏も同じくらいの強さなら、一頭から多くの肉が取れる猪型の魔獣ワイルドボアを優先してしまうのは、ある種経営判断ね。

日本人としては、ヤキトリにも大いに未練があるのだけど……。

「肉も出すのか？」

「数量限定になるでしょうけどね」

沢山キルチキンを狩れればいいのだけど、どうしても手間の問題が出てしまうからなぁ……。

味見して合格が出たら、ある時だけメニューみたいな扱いになると思う。

「いたっ！」

半年間もサバイバル生活をしていた成果であろう。

私は、樹上に見慣れたものを発見した。

木の枝などを組んだ大きめの巣の中に、青いトサカと紫色の羽が特徴である大きな鳥がいて、私たちに対し警戒を強めている。

あれこそが、今日の獲物キルチキンであった。

「夫婦の片方が巣にいるってことは、卵を温めているはずよ」

あの状態なら、卵と鳥と両方を得られるはずだ。

「ユキコ女将、俺様が卵も鳥も獲ってやるよ」

「気をつけろ、ミルコ」

「親分さんは慎重すぎだって……って！　おわぁ――――！」

金属系の防具を装備をしているミルコさんは、これなら安心だと油断していたようだけど、親分さんの注意を受けた直後、ノーモーションでキルチキンから攻撃を食らって腰を抜かしてしまった。

キルチキンはあまり力はないけど、この予備動作なしの攻撃が怖いのだ。

「ははは、ミルコは情けないな」

「アンソン、お前は攻撃されなかっただけだろうが！」

尻もちをついたまま、ミルコさんは自分をからかうアンソンさんに文句を言った。

自分も同じ立場ならこうなっていたはずだと。

「俺は卵料理を練習するため、自分でキルチキンの卵を獲ったことがあるのさ。その習性はよく理解しているさ。親分さんもですよね？」

「ああ、若い連中に肉や卵を獲らせることはよくあるからな」

自警団はある種の民間治安組織なので、強くないと団員としてやっていけない。

ショバ代を貰った店舗などでトラブルがあった時、矢面に立たなければいけないからだ。

そこで親分さんは、若い衆に狩猟をさせて強くする。

キルチキン狩りと卵採取は、定期的に行うのだと教えてくれた。

「キルチキン狩りでも強くなるんだ。比較的需要が高い食材というのもあって、自警団ではよく採取するのさ」

「鍛錬を兼ねたシノギでもあるんですね」

「自警団には、農村から流れてきたような若造が沢山いる。最低限食わせてやらないとな」

自警団は、もしそのまま放置すると悪さをしそうな若者や流れ者に職を与え、治安悪化を防ぐという社会的な意義もある。

そのため、常に多くの居候を抱えている状態で、みんなが思っているほど儲かる稼業というわけではなかった。

定期的にキルチキンの肉と卵を得るのも、大切な稼業の一つというわけだ。

日本でいうところの任侠さん、プラス猟師みたいな感じだと思う。

ワイルドボアやウォータータカウなどの大型魔獣はハンターや猟師がメインで狩るので、そちらは市場で在庫が不足した時に、レベル上げを兼ねて参加する程度らしいけど。

キルチキンが相手でも十分に強くなるということは、経験値もそれなりにあるのだろう。

大型魔獣よりも数を狩りやすい、多人数なら怪我をしにくいというのもあるのだと思う。

ある種の集団戦闘訓練にもなるわけで、自警団としては都合がいい獲物というわけね。

「ミルコの実演でわかっただろう？　あいつらはいきなり突進してくる。それがわかっていれば、攻撃を避けることも容易だ。大型魔獣ほど強くもないので、こちらの攻撃が当たればすぐに弱るか死んでしまうのさ。あと、巣の中にちょうどいい卵があるかどうかだな」

「ちょうどいい？」

「わからないのか？　ミルコ、巣を作っても、まだ卵を産んでいないことがある。卵はあっても、雛《ひな》が孵《かえ》る寸前で殻を割ると雛が出てくる状態の時もあるんだ」

養鶏の卵と違って有精卵が多いので、孵化寸前の卵だとそうなるのよね。

卵料理には使えないけど、孵化前の雛はじっくり焼くと骨まで柔らかくてなって美味しいのよ。

見た目がちょっと残酷なのだけど。

「怪我しないよう、手分けして採取しましょう」

私たちはそれから暫く、キルチキンの親鳥と卵の採取に勤しんだ。

私はララちゃんと一緒に、親鳥がいない巣を次々と見つけて卵を採取していく。

卵が籠一杯獲れ、ララちゃんは目を輝かせていた。

卵は結構なご馳走だからね。

「ララちゃん、巣は壊さないでね」

「わかりました。でもどうしてですか？」

「卵だけ採取した巣は、またキルチキンが卵を産むからよ」

卵のうちに獲ってしまうと、親鳥たちはまた卵を産んでくれるのだ。

もし産んでくれなくても、残った巣は別のキルチキンの夫婦が再利用してくれる。

巣作りが早く終わればその分早く卵を産んでくれるわけで、キルチキンの巣は壊さないのが暗黙の了解、半ば決まりみたいなものであった。

「へえ、そうなんですね。実は私って、キルチキンや卵を獲ったことがないんですよ。故郷の村の近くにも生息地はなかったので」

もう一つ、この世界で鶏肉《とりにく》がさほど普及していない原因の一つとして、キルチキンの生息地が限られているというのもあった。

ワイルドボアほど、どこにでもいるというわけではないのだ。

キルチキンは、単独だと他の魔獣に狙われやすいため、群れを作って子育てをする。

森の木に巣を作るのも、開けた場所にある木に巣を作ると、巣が目立ってしまうからというのもあった。

早速成果を得たミルコさんが、こちらに歩いてきた。

「ユキコ女将！　俺様はキルチキンの親鳥を何匹か獲って、今血抜きをしているから、これを焼いて食べようぜ」

「いいですね」

さすがというか、もはや職業病なのであろう。

ミルコさんは、自分が獲ったキルチキンの首を速攻で落とし、足を上にして縄で縛り、木の枝に吊るしていた。

肉を美味しく食べるため、素早く血抜きに取り掛かったというわけだ。

「俺も手伝うぜ」

アンソンさんも加わり、二人は血抜きを終えたキルチキンの羽を毟《むし》り、最後に焚火《たきび》で毟り残した羽や毛を焼いてから、内臓を抜き、塩とハーブをまぶしてから焼いていく。

新鮮なキルチキンは、鶏を焼いた時に似た香ばしい香りを周囲に漂わせていた。

「私も簡単になにか作ります」

とはいっても、鍋にお湯を沸かして卵を茹でるだけだけど。

凝った料理はお店に戻ってからでいいわけで、それに獲れたての卵を用いた茹《ゆ》で卵《たまご》は美味しいはずだ。

「ユキコ女将、鍋が二つなのはどうしてだ？」

「二種類の茹で卵を作るからよ」

まずは、普通の固茹《かたゆ》で卵。

新鮮な卵で作った茹で卵に、塩を振って食べると美味しいわ。

卵はタンパク質が豊富で、美容と健康にもいいから、私やララちゃん向けでもある。

特に胸の土台がほしい私向けね！

もう一つは、温泉卵。

七十度くらいのお湯で、卵を三十分ほど温めれば完成する。

お湯の温度を保つのが大変だと思われがちだけど、簡単に温泉卵を作る他の方法を私は知っていた。

蓋つきの鍋にお湯を沸騰させ、火から下ろして卵を投入する。

すぐに蓋をして十二分前後待つのだけど、この世界には時計やストップウォッチがないので、砂時計で代用していた。

小さな砂時計は、砂が落ちきるとほぼ三分くらいなので、これを四回ってわけね。

十二分経ったら、茹《ゆ》で上《あ》がった卵をお湯から取り出し、さらに三分ほど待つ。

これで温泉卵の完成というわけ。

「ミルコさん、アンソンさん。キルチキンは焼けましたか？」

「もうすぐだぜ」

「いい感じに仕上がってきたな」

焼けたキルチキンの肉は、とても鶏の肉に似ていた。

焼けた肉をカットして皿に載せ、これに出来上がった温泉卵を割って載せる。

「キルチキンの丸焼き、温泉卵載せです」

焼けたキルチキンのお肉に、崩した温泉卵の黄身をまぶして食べると絶品なのだ。

半年間のサバイバル生活では、定期的に作って食べていたのを思い出す。

「うわぁ、さっぱりとしたキルチキンのお肉に、濃厚な卵の黄身が絡んで最高です」

「女将さん、パンに挟んで食べると美味しいですね」

「今日はついて来て正解だったな。テリーの奴も来ればよかったのに」

「テリー君、今日は親分さんと一緒にお休みの日ですよね？　ついて来なかったのが不思議だったんですけど」

テリー君は、親分さんを心の底から尊敬し、将来は親分さんのようになりたいと願っていた。だから少しでも長く親分さんと一緒にいようと、よくお店にもついて来るのだけど、今日はいなかったので意外だったのだ。

「あいつ、好きな女ができて、今日はデートらしい」

「それは来ませんね」

でも変ね。

親分さんなら、むしろテリー君の恋を応援しそうな気がするんだけど……あまり嬉しそうに見えないわね。

「テリーの奴、とある飲み屋のナンバーワン嬢に惚れてな。懸命にアプローチはしているんだが……あの店は、金持ちしか行かないようなところだからな」

なんの後ろ盾もない女性が王都で成り上がる方法の一つに、夜の蝶《ちょう》として君臨するというのがある。

銀座の高級ホステスみたいな人ね。

テリー君は、そういうお店のナンバーワン嬢に惚れて、懸命にアプローチしているそうだ。

きっと親分さんは、テリー君が確実にフラれるのがわかっているから、微妙な顔をしているのだと思う。

「止めないのですか？」

「こういうことは、実際に袖にされ、騙されないとわからないからなぁ……。俺も今では落ち着いているが、あいつくらいの年齢の頃には色々とあったさ」

恋は盲目って言うからね。

周囲が『その女はやめておけ！』と忠告しても、本人は聞く耳を持たず、実際に相手にされなかったり、騙されたりしなければわからないというわけか。

まさに、『痛い目を見ないと覚えない』ってわけね。

「どこぞのアクセサリーが欲しい。高級なレストランに連れて行ってほしいと、どの男性にも同じようなことを言っているのさ。テリーの奴は夢中で、それに気がついていないが……」

「なるほど。同じアクセサリーを複数のお客さんに買ってもらって、一つを残して売り払うけど、買ってあげた男の人たちは誰もそれに気がつかないという」

「女将、詳しいじゃないか。経験があるのか？」

「いえいえ、そんな話を聞いたことがあるような、ですよ」

「若いうちに痛い目を見るのも薬さ。俺はこっちの料理の方がいいがね。なにより、作っている女将の方が、その夜の蝶よりも綺麗だからな」

「そうですか？　親分さんでもお世辞なんて言うんですね」

その手の店でナンバーワンになる人だからね。

私よりも、圧倒的に綺麗な人だと思うけど。

「お世辞ではないんだけどな……なんだ、二人とも。食べないのか？」

親分さんは、ミルコさんとアンソンさんが料理に手をつけていないことを不思議に思っているようだ。

私は、なんとなくその理由がわかるのだけど。

「ユキコ女将、完全に加熱していない卵は危険ではないか？」

「俺も、固く茹でた卵は美味しいと思うけどな。完全に火が通っていない卵はどうかと思うな」

「ちゃんと火は通っていますよ」

卵の生食が危険なのは、鮮度は勿論《もちろん》、サルモネラ菌が付着・繁殖している可能性があるからだ。

基本的に加熱をすればサルモネラ菌は死滅するので、卵が腐っていなければ、生食しなければ問題ない。

二人は固茹で卵は普通に食べたので、白身と黄味が完全に固まっていない温泉卵は、完全に火が通っていないから危ないと思っているようね。

「生卵でお腹を壊すのは、まずは鮮度。これは、つい先ほど採取したので問題ないです。次に、卵に目に見えない悪い生き物がついていることがあり、それが人間に悪さをするわけです」

サルモネラ菌なのだけど、これは七十五度以上で一分間加熱すれば死滅してしまう。

つまり、作り立ての温泉卵でお腹を壊す可能性は低いというわけだ。

「白身は完全に固まっていないけど、もし悪さをする小さな生き物が付着していても、お湯の熱で死滅しているわけか」

「見た目は固茹で卵の方が安全だとすぐにわかりますけど、この温泉卵の方が美味しいですよ。応用も利きますからね」

色々な料理に載せて、混ぜて食べると無限の可能性があるものね。

今度、『つくね』を作って、その上に温泉卵を載せる新メニューを……卵が手に入りにくいのと、温泉卵を作る手間を考えると常設メニューにはできないかな。

「ユキコ女将、よくそんなことを知っているな」

「私の国では、当たり前のように普及している料理法なので」

「女将は、東の果ての『ジパング』から来たんだったよな」

「謎の国だが、料理に関しては随分と進んでいるんだな」

別の世界から来ましたなんて言うと問題がありそうなので、ちょうどこの世界の東の果てに、『ジパング』といういかにも日本風な名前の国があるらしいので、私はそこから流れてきたことにしていたのだ。

それにしても、都合よく『ジパング』なんて国があるとは……。

「温泉卵という名前も、温泉のお湯で作ることが多いからです」

「なるほど。確かに温泉のお湯は沸騰まではしていないか。固茹で卵までは固まらず、でも加熱して悪い生き物を殺しているから、お腹を壊しにくいと」

料理のプロということもあって、アンソンさんは温泉卵の原理を理解してくれたようだ。

「ただ、作った温泉卵を長時間放置すれば、腐ったり、また小さな悪い生き物が繁殖して、食べるとお腹を壊しますけどね」

「加熱したから安心というわけではないのか」

「加熱後も、保存方法には注意が必要ですね。すぐ食べた方が安全です」

「なるほど。合点《がてん》がいった」

アンソンさんの場合、これまでの料理人の経験から、私が説明したことを納得してくれたようだ。

学者が書いた本を読んだり、専門家の話を聞かなくても、暖かい場所に食べ物を置けば腐りやすい。

それを食べるとお腹を壊しやすいのは、よくあることなのだから。

「俺様も理解したぜ。ボンタとララちゃんと、ヤーラッドの親分は微塵《みじん》も疑っていなかったようだけど」

「私の場合、ユキコさんが出してくれた料理を食べてお腹を壊したことはないので」

「僕もですね。前に、親分と一緒に食べたあるレストランの料理は酷かったけど、女将さんは食材の扱いが本当に上手です。高級レストランよりも上でしょうね」

「俺は食べ物のことに詳しくないが、女将がプロフェッショナルなのは理解できる。ならば信用して食すのみだ。それがその店を贔屓にするということなのだからな」

「「おおっ！　大人の意見！」」

いや、ミルコさんもアンソンさんもとっくに大人でしょうに……。

ララちゃん、ボンタ君、親分さんにそこまで信じてもらえたら、それは料理人冥利に尽きるというものね。

「アンソン、ユキコ女将に負けてるな」

「それを言うなよ！」

アンソンさんは、もし自分が常連さんたちに温泉卵を出しても、気にせず食べてくれる人はまだいないと思っているのか。

ちょっと、落ち込みながら料理を食べていたのであった。


「ここで名誉挽回《ばんかい》！　俺が最高のオムレツを作りますよ！」

予定の狩猟と採取が終わり、参加者は全員アンソンさんのお店の厨房《ちゅうぼう》にやってきた。

彼は、今採取したキルチキンの卵を使ったオムレツを焼いてくれるそうだ。

「生クリーム。うちのお店では、高くて使えないのよねぇ……」

「うちのお店の場合、デザートも華なのでね。高くても仕入れているのさ」

この世界は畜産業がほぼないに等しいため、乳製品は魔獣から手に入れたミルクで作らなければならない。

色々な種類のミルクがあるけど、やっぱり一番人気はウォーターカウのミルクだと思う。

手に入る量が少ないので、とても高価だけど。

だから、自然と生クリームを使ったケーキなどは高くなってしまうのだ。

少なくとも、うちのお店では出せないだろう。

出せたとしても、デザートなのに最低大銅貨二枚、日本円で二千円からとかだ。

甘い物が嫌いな人はいないので、金持ちたちは高級レストランに生クリームを使ったデザートを求めて通うわけだ。

ミルクを安定して仕入れられる老舗高級レストランが有利な所以《ゆえん》というわけね。

「普通、うちの店くらいのランクだと安定して仕入れられないんだけど、そこは俺の腕やらコネやらってわけさ」

やはり、アンソンさんは腕のいい料理人というわけか。

王様の料理を作っていたという評判が有利になっているわけね。

「さて、オムレツを作るかな」

卵、生クリーム、塩、コショウなどの材料をよく混ぜ、熱したフライパンにバターを入れて……。

「ユキコさん、うちのお店だとバターも厳しいですね」

「そうね」

流通量が少ないのと、やっぱり値段よね。

「ユキコなら、そのうち仕入れられるんじゃないか？　紹介しようか？」

「うちのお店の場合、ちょっと予算オーバーになってしまうから」

「難しいものだな」

「で、今気がついたんだけど、そのフライパン。専用のやつ？」

日本というか、地球だと、オムレツを焼く専用のフライパンを用意する料理人は多かった。

卵は臭いが移りやすいとかで、他のものの臭いを移さないためらしい。

アンソンさんも、オムレツ専用のフライパンを使っていた。

「俺は気になるからそうしているけど、案外高級レストランでもやっていないところも多いぞ」

「そうなんだ」

大丈夫なのかな？

この世界の高級レストランって。

お金の力で貴重な食材を仕入れるのが、一番大切みたいな状態になっているような……。

フライパンなどの調理器具が高いからという理由も……でも、高級レストランだからなぁ……。

「料理は素材が命で、高価で珍しい物ほどいい。そういう面も俺は否定しないけどな。それを求める客もいるから成立する話なんだけど……完成だ！」

さすがというか、アンソンさんが焼いたオムレツは火加減も見た目も最高の出来栄えであった。

早速一口いただく。

「焼けすぎず、かといって生焼けで液体のままの卵がべちゃっと漏れることもない」

本来の料理の腕前だけなら、私なんて足元にも及ばないから当然よね。

「そして、自家製のトマトソースも酸味の加減がちょうどよくて、オムレツとよく合うわ」

この前、アンソンさんにトマトソースの作り方を教えたのだけど、私が作るよりも美味しいような気がする。

素材の長所を殺さず、お互いのよさを上手く引き出していた。

各材料の微妙な量の調整、加熱時の火加減などは、やっぱり料理の腕では長年修業したアンソンさんには勝てないわね。

私の料理は、ある種の素人料理なので、どうしてもわかりやすい美味しさを追求してしまうから。

「ユキコは、オムレツは作らないのか？」

「やっぱり生クリームがネックなので、うちのお店で出せる卵料理を作ってみましょう」

と偉そうに言ってみたものの、ようは『オムレツでなければ、玉子焼きを作ればいいじゃない』という話である。

居酒屋や飲み屋でもよくあるメニューであり、これなら私にも作れた。

味付けに塩少々、持参した醤油、砂糖はないのでハミチツをよく混ぜて焼けば、どこにでもある玉子焼きの完成だ。

ちょっと味を濃い目にして、お酒に合うように作るのがコツかな。

「こういうのもいいいな」

「エールには合うだろうな。さすがはユキコだ」

ミルコさんとアンソンさんが褒めてくれたけど、レストランの手間暇かけたオムレツと同じ土俵で戦っても勝ち目がないので、ある種の搦め手であった。

料理は美味しければ勝ちなので、そこはいいところだと思う。

まあ、日本だと普通にある料理なんだけどね。

ちなみに、デザート風の玉子焼きも作ってみた。

これは、卵にハチミツを沢山入れて、甘みを引き立てるため、塩を少量入れて焼いたものだけど。

甘みが多い分焦げやすいので、そこは注意する必要があるかな。

焦げると、味に苦みが出て美味しくなくなるから。

「ユキコさん、久しぶりに食べますけど、やっぱり美味しいです」

「手軽なデザートで、お店でも売れるでしょう」

「そんなに数が出せないけどね」

キルチキンの生息地には偏りがあり、一箇所から獲りすぎると生息数が大幅に落ち込んでしまう。

そのため、定期的に狩猟場を変える必要があり、キルチキンの肉と卵の安定確保は難しかった。

他から仕入れると、うちのお店で出せるような値段じゃなくなってしまうというのもある。

この世界の鳥は、ちょっと庶民の味からは離れているのよね。

やはりメインは、ワイルドボアという猪・豚肉がメインであったのだ。

「……」

「あの、親分さんは甘い物は苦手ですか？」

「そんなことはない。好きでも嫌いでもないかな」

一つだけ気になったのは、親分さんは自分の分の甘い玉子焼きを完食はしていたが、空の皿を見つめてなにかを考え込んでいたことだ。

もしかして、甘い物は苦手だったとか？

親分さんに聞いてみたら、別に好きでも嫌いでもないと言われてしまったけど。

男の人だから、甘い物は苦手なのかしら？

と、最初は思ったのだけど、翌日親分さんは開店と同時にお店に来て、玉子焼きを注文していた。

ハチミツの値段の関係で……自分で採取したから無料なのだけど……普通の玉子焼きしかないので、それほど甘くなければ親分さんはこっちの玉子焼きの方がいいはず。

ところが、ララちゃんが提供した玉子焼きをひと口食べると、また皿を見ながら考え込んでしまったのだ。

「親分さん？　どこか不都合でもありますか？」

異物が入っていたとか？

私は親分さんに、『玉子焼きになにか不備でも？』と聞いていた。

「いやぁ、その……」

親分さんにしては珍しく言いにくそうで、彼は私の顔と玉子焼きを見ながら口籠っている。

もしかして、その玉子焼きになにかとんでもない不備が？

でも、それがわからず私も悩んでいると、親分さんの隣でエールを飲んでいたお爺さんが、小声で私に声をかけてきた。

「(女将、玉子焼きとかいう新メニュー。うんと甘くしてやれ)」

「(甘くですか?)」

昨日、親分さんは甘い玉子焼きにも首を傾げていたのに?

甘い物がそんなに好きではないのでは?

「(昨日のことはミルコから聞いているが、それよりももっと甘くしてやれ)」

「(男の人なのにですか?)」

「(なるほど。女将はしっかりしているが、まだ男をよくわかっていないようだな)」

まあ、日本にいた頃は、暇さえあればお祖父ちゃんと一緒に山に入っていた変わり者だったたし、この世界に来てからは日々の生活で精一杯だったので、彼氏を作る暇もありませんでしたよ。

「(男が、女と同じく甘いデザートにうつつを抜かすのはみっともないと、変な見栄《みえ》を張る者は多いが、実はひっそりと甘い物を買って口にする者も侮れない数いるものでな。ワシはそれほどでもないが……)ヤーラッドの親分、食わんのならその新メニューを貰うぞ。女将、『特別な味』の玉子焼きを新たに頼む」

お爺さんは、ひょいと親分さんの玉子焼きの皿を自分の前に引き寄せ、私に極限まで甘くした玉子焼きを新たに注文した。

「わかりました」

昨日のよりももっと甘い玉子焼きかぁ……。

親分さんには色々とお世話になっているから、ちょっとくらいハチミツを多めに使ってもいいか。

私は、まるでケーキのように甘い玉子焼きを、親分さんの前に差し出した。

「お待ちどおさまです。特別な味の玉子焼きです」

「すまない」

親分さんは、私にお礼を言ってから甘い玉子焼きを口に入れた。

するととても満足そうな表情を浮かべ、ご機嫌でエールを飲み始める。

親分さん、実は甘い物も好きだったのね。

「（それにしても、お爺さんはよくわかりましたね）」

「（年の功だな。ヤーラッドの親分のような男は案外多い。まさか一人でも、若い衆を連れてでも、お菓子屋に行くわけにもいかず、普通の玉子焼きに見える甘い玉子焼きは、密《ひそ》かに楽しめる甘いものというわけだ）」

「（なるほど）」

普段は恐いと思われることも多い親分さんだけど、甘い玉子焼きを食べながらご機嫌な表情を見ていると、ちょっと可愛く思えてしまった。

たまに、そういう子供っぽい部分を見せる男性っていいわよね。

あっ、それと。

親分さんのために考案した甘い玉子焼きだけど、誰にも言っていないのに常連さんの間で広がってしまった。

まさかいい年の男性がお菓子屋に行ったり、レストランでデザートにケーキなんてみっともなくて頼めるか、そういう風に考えている男性客がよく注文するようになり、すぐに定番の裏メニューになってしまったのであった。

甘い物くらい普通に頼めばいいのにと思ってしまうのは、私が女性だからなのかしら？

第十話　新しい看板娘

「ユキコ女将、俺様、ついに熟成肉の商品化に成功したぜ。早速、アンソンの店に卸したら、あいつの店がステーキハウス化したんじゃないかってほどの人気だ」

「それはよかったですね」

「見習い魔法使いのアルバイトたちを強化した甲斐《かい》があったぜ。他の店からも引き合いがあるから、品質を維持しつつ生産量を増やすべく努力しているぜ。んで、お願いがあるんだけど」

「結婚はしませんよ」

「それはおいおい。今日は、この子をお運びさんで雇ってほしくて。ぜひ頼むぜ」

「この子？　ローブ姿だけど……」

「魔法学院の一年生、ファリスと申します。あのぉ……私は人見知りが激しくて……だからこのお店で給仕のお仕事をして、それを克服したいんです……」

お昼に、熟成肉の商品化に成功したとミルコさんが報告に来たのだけど、一緒に一人の少女を連れて来た。

ファリスと名乗った少女はローブ姿なので、魔法使いなのは一目瞭然であった。

それはいいのだけど、ローブの下から『私はここです！』と強く主張しているかのような大きな膨らみが気になって仕方がない。

私には全然胸がないのに、どうしてこの世界の女の子たちは……そんなことを考えても無駄か……。

軽くカールのかかった、腰まで伸びたライトグリーンの髪と、丸い眼鏡も特徴的で、ちょっと守ってあげたくなる系にして、ドジッ子属性もありそうに見えてしまう。

あくまでも見た目だけだけど。

そして胸ね……。

大切なことなので二回言うけど。

「人見知りの克服？　まあ、でなきゃ、普通はミルコさんのところで氷を作る仕事だけするわよね」

解体した肉の保存や熟成に必要な氷室を維持するため、ミルコさんは複数の魔法使いをアルバイトとして雇っていた。

決められた時間に来て、地下の氷室で使う氷を魔法で作るだけでいいお金になるので、魔法学院の生徒たちには人気のアルバイトだそうだ。

うちのお店は、私が氷を設置しているけどね。誰もが魔法を使えるわけではない。

「この子には朝、魔法学院に登校する前に氷を作ってもらっているんだけど、生来の人見知りの性格を克服すべく、接客のアルバイトを希望していてさ。ユキコ女将のところなら同じ女性同士だし……実はこの子、男性が苦手なんだよ」

「そうなの？」

う――む。

正直なところ人手は欲しい。

今はボンタ君もお運びをしているのだけど、もしこの子がララちゃんと二枚看板娘として定着してくれれば。ボンタ君は調理に専念できる。

魔法学院の生徒なので在学中のみのアルバイトだろうけど、この子が卒業しても、在学生たちがうちにアルバイトに来てくれる流れができれば、新しい人を探す手間が省けるというものだ。

「人見知りって、どの程度なのかしら？」

でも、ミルコさんは大丈夫なのね。

「実はこの子、スターブラッド商会に勤めている従業員の娘さんなんだ。平民の出なのに魔法が使えることが判明して、その才能を生かすべく魔法学院に入学したのさ。子供の頃によく遊んでやったから、俺様は大丈夫なんだ」

ほほう。

つまり、ミルコさんの妹分みたいな子だと。

「へえ、凄いんですね。平民で魔法が使えるなんて。あっ、ユキコさんもそうか」

「でも、言うほど魔法が使える人って貴族や王族ばかりかしら？」

ハンターや猟師でも、使える魔法の回数、種類、威力に差はあっても、それなりの数、魔法使いはいるような……。

「魔法は血筋に依《よ》りやすいんだけど、一定数平民の中にも魔法の才能に目覚める人がいる。あとは、平民に落ちた元貴族の血筋が残っているケースもあるんだぜ」

その気になれば貴族なんて際限なく増えるわけで、中には裕福な平民の家に降嫁したり、婿入りしたり、勘当されたりで、平民に落ちてしまう貴族やその子弟も多かった。

そういう人たちの子孫が、魔法を使えるわけだ。

稀《まれ》に代々平民の家なのに、本当にいきなり魔法の才能がある子供が生まれることもあるらしいけど。

「ただ元貴族の子弟だと、魔法の才能は低いことが多いかな。代を経るごとに魔力も落ちてしまうんだぜ」

だから貴族たちは、なるべく魔力が多い貴族との政略結婚に拘り、子孫の魔力を落とさないようにしているそうだ。

あとは、魔獣退治でレベルアップを怠らないというのもあるか。

強くなればその分魔力も上がるし、使える魔法の種類が増えることも多いらしい。

私もそうだったな。

攻撃魔法はまったく使えないけど。

「ファリスの先祖に貴族なんていないが、突然魔力が発現したレアなケースなんだぜ。才能もあるから、魔法学院に入学できたわけだ」

優秀な魔法使いの卵だけど、人見知りで男性が苦手なのか……。

人間、なんでもそう上手くはいかないものね。

「女将さん、ミソニコミの味を見てください」

「ひゃっ！」

「えっ、僕ってそんなに怖いですか？」

仕込みの作業中で、ちょっと場所を移動したボンタ君がファリスさんに近づいてしまったのだけど、それだけで彼女は小さな悲鳴をあげてしまった。

確かにボンタ君は体が大きいけど、童顔だし怖くはないと思うのよね。

それだけ、ミルコさん以外の男性が苦手というわけか。

「う――ん。人手は欲しいのよね」

うちのお店のお客さんの大半は男性なので、お運びさんとしては辛《つら》いかもしれないけど、調理補助としてならアリよね。

調理場で調理を手伝いながら、徐々に男性に慣れていく方針で。

これなら悪くないわね。

「別にいいわよ」

「すまないな、ユキコ女将」

ファリスさんをアルバイトとして雇うと言ったら、ミルコさんがお礼を言ってきた。

少し前に、お爺さんに頼まれてアルバイトとして仕事をさせていた頃と比べると、格段の進歩よね。

可愛い妹分のために奔走しているのだから。

「もしかして、ミルコさんはファリスさんを……」

暇があれば私と結婚したいと言っているけど、あれは冗談で、本当はファリスさんのことが好きだったのか。

だから、彼女の男性恐怖症を克服させてあげようと手を貸している。

「あれ？　でも、ファリスさんは元々ミルコさんなら怖くないわけで、なら別にこのままでも問題ない？」

「ユキコ女将！　ファリスは妹みたいなもので、俺様の本命はいつでもユキコ女将だぜ！」

「そんな大声で言わなくても……」

そういうところが、もう少し親分さんに届かない原因なのだけど……。

とにもかくにも、私は魔法学院の生徒であるファリスさんを夕方からアルバイトとして受け入れることを決めたのであった。

彼女が上手く男性恐怖症を克服できて、さらに私の『女将』イメージが変われば、三枚看板娘で行けるかしら？

「姐さん！　お久しぶりっす！」

「……」

「あれ？　どうかしたんすか？」

どうもこうも。

テリー君が私のことを『姐さん』なんて呼ぶから、いつまでも私は三枚看板娘の一人になれないのよ。

親分さんも注意して……もうエールをグビグビと飲んでいた。

他のみんなも釣られて、私のことを女将とか姐さんって呼んでしまうから。

女将って『女』の『将』だから、看板娘には一番遠い位置にいるんじゃないのかしら。

「そういう女性に対する配慮の足りなさが、テリー君が女性にフラれる原因だと思うわ」

「久々なのに、姐さんのストレートな一撃が痛いっす！　串焼きはこんなに美味しいのに」

「意外と落ち込んでいないわね」

親分から聞いた話によると、テリー君は高級な飲み屋のナンバーワン嬢に惚れ、頑張って高価なプレゼントをしたり、お店に通ったりしたけど、結局報われなかったらしい。

元から叶《かな》う恋ではなかったにしろ、もっと落ち込んでいるものだとばかり思っていたわ。

「姐さん、オイラも常に学ぶんすよ。ああいう高級なお店の女性たちは、お客に対するポーズで男にいい顔をするって」

「それが仕事だものね」

うちのララちゃんだって、可愛い笑顔が売りの看板娘で人気もあるからね。

私も美人女将として……なんか自分で言っていて空《むな》しくなってきたなぁ……。

私って、そういうのがウリじゃないような気がするから。

「今度のオイラは、そういうお高い女はやめて、素朴な美しさを持つ女性と純愛を貫くことにしたっす」

「そういう子がいるお店?」

いわゆる清純派ってやつね。

でも、同じ女から言わせてもらうと、そういう自称清純派の女性って、実際は全然清純派でないことが多いような……。

「そういうお店の子じゃないっすよ! この店の近くのフラワーショップの子っす」

「……ああ、ユンファちゃんね」

あの子は可愛いから、お客さんたちからも人気ね。

しかもオーナーの娘さんだから、どうにか彼女の婿に入ろうと、店員たちも懸命に働いているし。

確かにあの子は、夜の蝶とは違う素朴な可愛さを持つ子ね。

私もたまにお花を買いに行くけど、とてもいい子だし。

でも確か……あの店の店員さんの中で一番イケメンな人と……。

この前、休みが同じとかで一緒に買い物に出かけているところを見たような……。

必ずしもそうという保証もないし、まだ正式にユンファちゃんのお婿さんが決まったという話も聞いていない。黙っていよう……。

次もいきなりフラれたとなると、テリー君の落ち込みも酷いものとなるだろうから。

問題の先送りと言えなくもないが、時間が人の心の傷を癒《いや》してくれるはず。

私はテリー君に、ユンファちゃんとイケメン店員のことは黙っていようと心に誓った。

「で、新入りさんすか？」

「手を出しては駄目よ」

「いやあ、物理的に無理じゃないっすか？　ねえ、兄貴」

「う――――ん、こう男性客との距離感がな」

親分さんの指摘どおりで、ファリスさんはやはり男性と距離を詰めるのが苦手で、ずっと調理場でボンタ君の補佐をしていた。

幸い、魔法薬の調合などを普段こなしているからか、調理はとても上手なのだけど、ボンタ君とのニアミスを阻止しようと動きが素早いので、お客さんたちは彼女に対し、奇妙な人でも見るかのような眼差《まなざ》しを向けていた。

「女将、暫くこのまま慣れさせるのか？」

「それしか方法はないですしね」

「だろうなと、俺も思う」

ファリスさんがどうして男性恐怖症なのか。

本人に聞いてみたところ、子供の頃の彼女はとても気が弱く……今も決して強いとは言えないけど……男子のガキ大将によく苛《いじ》められていたそうで、だから男性が苦手なのだそうだ。

ミルコさんだけ大丈夫なのは、よく苛められている彼女を助けてくれたから。

もしかすると、ミルコさんはファリスさんに興味が……という風には見えないわね。

本当の兄妹《きょうだい》と言われても違和感がないような……。

ミルコさんのおかげで、ファリスさんの男性恐怖症も致命的なところまでは行っていないようではある。

「それしかないかな」

「ええ」

それから一週間ほど。

ファリスさんは、ボンタ君なら近くに寄っても大丈夫なようになった。

これは大きな進歩と言えよう。

「ボンタ、ファリスに手を出すなよ」

「僕がそれをミルコさんに言われるんですか？　ミルコさんこそ、暇さえあればうちの女将さんに求婚しないでくださいよ」

「お前、言うようになったな」

ボンタ君に言い返され、ミルコさんは驚きを隠せないようね。

「事実だから仕方ないな」

「さすがは兄貴、実に的確な指摘だ。ファリスさんのような女性は一定の人気があるんすよ。こう膨らんでいるところが……」

「テリー、そういうことを言うとユンファに嫌われるぞ」

「それは勘弁してほしいっす！」

さすがは親分さん、とても紳士的ね。

そしてテリー君。

あなたの本命はユンファちゃんなんだから、他の女性に色目を使っては駄目なのよ。


さらに一週間後、女性客とお爺さん、テリー君に料理を運べるようになった。

「つまり、ワシはファリスに男性扱いされていないわけか……別にこれまでみたいに怯《おび》えられるよりはいいがな」

以前のファリスさんって、お父さんの雇い主であるお爺さん相手でも駄目だったのか……。

その部分は、男性恐怖症も徹底していたのね。

「ひゃっひゃっひゃっ！　大爆笑っす！」

「ワシは枯れたジジイだからいいが、若いお主は問題があると思うぞ」

「あっ！」

「『あっ！』じゃないだろうが……気がつけよ」

「兄貴ぃ！」

テリー君も大丈夫ということは、あからさまに男性扱いされていないってことね。

ボンタ君は最初普通に怖がられていたから、これは一緒に調理作業をしていた成果かも。

「そのうち、他のお客さんも大丈夫になるはずよ」

さらに一週間後。

今度は、毎日のようにお店に来る常連さんになら、なんとかメニューを運べるようになった。

距離感が接客としてはどうかと思うけど、その辺は事情を理解している常連さんたちなので問題にはなっていない。

ローブ姿でお酒や料理を運ぶ様子は、私が見ているとまるでコスプレ喫茶みたい。

ララちゃんもメイド姿なので、最初同じような感想を抱いてしまったのは秘密だけどね。

衛生面の問題があったけど、わざわざお店用のローブを予備も含めて新調されてしまうとなにも言えなかった。

ちなみに私は、女子高生だからオープン以来特注のセーラー服姿で通している。

エプロンは飲食店なので白にして、予備も用意して毎日洗濯しているけどね。

この世界にはセーラー服が存在しなかったので、せっかく用意したのに、私がこれを着ていると看板娘に繋がらずに『女将』扱いされてしまうという……。

「私も、メイド服やローブ姿なら『看板娘』扱いしてくれるのかしら？」

「無理じゃないっすか？　姐さんは迫力あるから」

くぅ――――、テリー君め。

そういうデリカシーのなさが、女性にフラれる原因だっていうのに。

「俺は、今の女将のままがいいと思うけどな」

そう言ってくれるのは親分さんだけね。

デリカシーがないテリー君とは大違いだわ。

「この様子なら、あの子もすぐに慣れるんじゃないかな？」

「と思うんですけどね。調理に関しては、魔法薬の調合で基礎ができているからか、目分量じゃなくちゃんと量って材料を入れてくれるので助かっています」

『そんなことで？』と思われるかもしれないけど、意外にもこの世界の飲食店でこれが守れていないところは多かった。

店主が勘で材料を入れているからというよりも、それを見ている従業員や弟子たちに分量を知られないためだと思う。

『目で見て覚えろ』とか、『正確なレシピは、のれん分けする時にしか教えない』とか、そんな理由もあるのかしら？

さすがに高級レストランでそんなことはないけど、材料の分量まで記載されたレシピは門外不出だったりして、値段が安いお店ほど味にブレがあるって印象を受けるかな。

うちは、細かな配合比や分量もすぐに教えてしまうけどね。

醤油と味噌は、手に入らないからなんだけど。

「たまに、同じ店なのに味がしょっぱかったり、薄かったりするな」

「必要なしょっぱさは、それを食べる人の運動量とか、季節によって微妙に違うんですけど、基本の分量はありますからね」

そこから逸脱してしまうと、味にブレがありすぎて不味く思われ、常連さんが離れる原因にもなりかねない。

だからララちゃんとボンタ君にも、目分量で調味料を入れないでって指導はしていた。

「なるほど。女将はよく考えているんだな」

「このくらいは基本ですとも」

親分さんに褒められると、やっぱり嬉しさもひとしおね。

なんて思っていたら、突然店内にローブ姿の女性が三人入ってきた。

ファリスさんと同じか、少し年上だと思われる彼女たちは、見た感じ生まれもよさそうで、うちのお店にまったく合っていないというか……。

これが日本なら、酒場に未成年は入ってはいけませんと言って追い出すのだけど、この世界だと成人年齢は十五歳で、彼女たちもお酒を飲めてしまう年齢だから追い出せないのよね。

「あら、貧乏くさいファリスさんらしいアルバイト先ね」

「下賤《げせん》な平民に相応しい働き口ですわ」

「もっとも、私たちのような貴族は労働なんてしませんけど……」

ファリスさんを見つけるなり、わかりやすい嫌味を言い放つ三人。

話しぶりからして貴族の娘らしいけど、創作物などでよく聞く、いかにもベタな嫌味ね。

それを恥ずかし気もなく言えてしまうのは、正直凄いと思ってしまった。

私が別の世界の人間だからかしら？

「あの……みなさんはどうしてここに？」

「私たち、本来ならこんな下品なお店には来ないのですけど、平民なのに魔法学院で一番魔力量が多いファリスさんが、わざわざアルバイトをしているお店ですもの」

「興味があって当然ですわ」

「もっとも、まったくの期待外れと言いますか……ある意味、予想どおりと言いますか……」

「ファリスさんに相応しい下品なお店ですこと」

なるほど。

この三人は、平民出身なのに自分たちよりも魔力量が多いファリスさんに嫉妬しているわけね。

魔法では歯が立たないから、殊更自分たちの血筋を強調しつつ、平民出のファリスさんをバカにして苛めていると。

でも、効果はあるようね。

元々気が弱いファリスさんなので、随分と委縮しているようだから。

それにしても、どこの世界にもこういういけ好かないのがいるものね。

「お客さん、うちは商売をやっているので、なにも注文しないのなら帰ってくださいな」

「まあ、店主まで下品ね」

「礼儀を知らない平民って嫌よね」

「貴族の娘である私たちに対し、なんて口の利き方なのかしら」

「この店は下品なので、店主もそんなものなのですよ。それにですね。私たちは貧しい平民なわけで、お貴族様であるあなた方みたいに働かなくても生活できるわけではないんです。なにも注文しないのなら外へどうぞ」

私たちは、あんたたちのような世間知らずのバカ貴族令嬢たちの道楽につき合っている暇なんてないのよ。

注文しないのなら、早く店を出て行きなさい。

でも、なにか注文してお金を払ってくれるのであれば、お店のルールを逸脱しない限りおつき合いしましょう！

お金を払えば、どんな嫌な人でも一応お客さんだからね。

いや、ここは一手……。

「……はっ！　すみませんでした」

「えっ？　なにが？」

私がいきなり謝ったので、リーダー格の少女は驚いてしまったようだ。

「実はこのお店、隠れた高級店でもあり、ツウのお客様たちが密かに通い、高額の裏メニューを召し上がっていかれるのです。その裏メニューは非常に高額でして、特に選ばれた方々のみが注文していかれるので……お客様たちでは……すみません、気がつきませんでした」

別に嘘は言っていないわ。

スターブラッド商会の先代当主。

その孫で、順調に精肉店を拡大させているオーナー。

このエリアを仕切る自警団の親分。

繁盛店を経営する新進気鋭の料理人。

他にも、実は中規模の商会を経営する人が数名……みんな初めて来た時はお爺さんを見つけて驚いていたけど……。

以上のような面子《メンツ》が、常連さんなのは事実だから。

肩書だけ見ると大したものね。

貴族様はいないけど、本物の貴族様はこんな裏通りには来ないから……。

つまりこの子たちは……。

「失礼ね！　私たちには、そのメニューを出せないってのかしら？」

「非常に高額なので……」

「出せるわよ！　私たちは貴族の娘なのよ！」

「一体いくらなのよ！　言ってみなさいな！」

「金貨二枚となっております」

日本円にすると、大体二十万円といったところね。

料理としては、とんでもなく高額なものとなるわ。

「お高いですよね。お時間もかかりますし、表のメニューは平民向けなので大変にわかりにくく。ここは縁がなかったということで、お店を出られた方がよろしいのでは？」

私はあくまでも親切心を強調して、三人に店を出て行くようにと勧めた。

『半端なあなたたちでは、高額な裏メニューの料金は払えないでしょう』というニュアンスを含めながら。

「……出せないわけないじゃない！」

「私たちは、貴族の娘だからね」

「いったいいくらなのかと思えば、たったの金貨二枚……お安いわね」

「では、裏メニューをお出ししてよろしいでしょうか？」

「是非食べてみたいものだわ。お値段が金貨二枚の、私たちのような高貴な者たちが食べる特別料理というものを」

「では、お作りしますので少々お待ちください」

やっぱりこうなったわね。

確かに平民よりも圧倒的に裕福そうな見た目だけど、大貴族の令嬢たちに比べれば……。

間違いなく彼女たちは、下級貴族の娘のはず。

そもそも、自分の娘をこんな裏通りに行かせる大貴族なんていないわよ。

万が一行くにしても、必ず護衛をつけるはず。

護衛がいないということは、彼女たちは貧しい下級貴族の娘たちってこと。

三人で行動しているのも、魔法使いが三人いれば、護衛も不要だからでしょう。

大体、大貴族の娘って育ちがいいから、もし魔法学院にいてもファリスさんの才能に嫉妬なんてしない。

仲良くなって、自分の家に取り込もうとするはず。

この三人の実家の財力ではファリスさんを取り込めず、頑張って魔法学院に入ってはみたけれど、自分よりも下に見ていた平民の娘に魔力量で負けていた。

だから、ファリスさんに嫌味を言ってイジメている。

取り込めないのなら、イジメて潰す。

そういう考え方をしている時点で、この三人は下級貴族の娘らしいなって思う。

「女将さん、なにを作るんですか？　僕は特別メニューについてなにも聞いていないので……」

仕込みの時と同じく本格的な調理になるのでカウンター裏の調理場に戻ると、ボンタ君から特別メニューとはなにかと聞かれてしまった。

普段出している裏メニュー、ウォータークカウの熟成肉ステーキでも大銅貨二枚だからだ。

肉の量を増やせば価格はいくらでも上げられるけど、それでは貴族が納得する高価な料理にはならないのだから。

「ボンタ君、子供のワイルドボアが地下の氷室にあったわよね。持ってきて」

「あれを使うんですか？　まさか！」

そのまさかよ。

せいぜい、貴族様に相応しい子ワイルドボアの丸焼きを作ってやろうじゃない。

そして、先ほどの大言に相応しく金貨二枚きっちりと支払ってもらいましょうか。

見た目も豪勢な魔獣の丸焼きは、王族や貴族が主催するパーティーではよく出る料理で、しかも私はちゃんと下処理しているから獣臭くない。

それに、いくら子ワイルドボアでも金貨二枚なら大分お得なはずよ。


「でも女将さん、丸焼きは焼くのに時間がかかりますよ」

「そこで、魔法を使います」

私は攻撃魔法は使えないけど、魔法で出した火の威力の調整はお手の物。

ついでに言うなれば、熱の発生位置をコントロールして、普通に加熱調理すれば時間がかかる大きな食材の調理時間短縮も可能だ。

醤油やハチミツを材料にしたタレを塗り、口の部分から鉄棒を刺した子ワイルドボアを火にかけ、ボンタ君に焼け具合を見てもらいながら、私は魔法を駆使して子ワイルドボアの内部にまで均等に熱を通していく。

さながら『電子レンジ魔法』といった感じだけど、火と風の魔法の混合魔法がその正体であった。

どうして私がこの魔法を使えるのかといえば……料理に使えるからかしら？

「装飾や付け合わせも必要ね」

二人で子ワイルドボアを焼きながら、大皿と、丸焼きの周囲に配置する野菜の装飾の準備もする。

見た目も考慮して、お貴族様のご令嬢方に相応しい一品の完成ってわけ。

「火の通りが早いと楽ですね」

「魔法って便利ね」

「僕は使えないですし、そういう魔法って初めて聞きますよ」

「ようは、使えればいいのよ」

無事大皿の上に、外側の皮がパリパリで、中のお肉もジューシーに焼きあがった子ワイルドボアの丸焼きが完成した。

実に素晴らしい出来ね。

「作っておいてなんだけど、永遠に裏メニューで終わりそう」

「うちのお客さんで金貨二枚出せる人は意外と多いですけど、これだけの量の料理をうちのお店で頼むかって言われると疑問ですね」

確かに、ボンタ君の言うとおりだと思った。

別に串焼きでも、うちのお肉の美味しさは同じだからね。

「じゃあ、運びましょうか」

「任せてください」

完成した子ワイルドボアの丸焼きを三人の前に出すと、彼女たちの顔はあきらかに引きつっていた。

まさか、うちのお店で丸焼きが出てくるとは思わなかったのであろう。

「さあ、召し上がってください。一人頭、銀貨七枚弱ですけどね」

私は笑顔で、三人に子ワイルドボアの丸焼きを勧めた。

冷めないうちに早くどうぞと言いながら。

「（ちょっと、こんな高い料理、私は払えないわよ！）」

「（あなたが、大見栄を張るから！）」

「（本当に出てくるなんて思わなかったのよ！　なによ！　私だけが悪いっての！　一緒になってファリスを責め立てて喜んでいたじゃないの！）」

「（私は、やりすぎだと思っていたわよ）」

「（私も）」

「（あんたたち、よくそんな嘘がつけるわね！）」

三人は、小声で責任を擦《なす》り付《つ》け合っていた。

仲良しだと思っていたら、金貨二枚程度で壊れる友情だったなんて。

でも、下級貴族の娘がいきなりなんの準備もなしに金貨二枚なんて支払えるわけないか。

貴族は平民に対し見栄を張らなければいけないけど、大貴族でもあるまいし、事前に準備しなければ金貨なんて支払えない。

下級貴族ほど、収入よりも出費の方が多くて常に家計が赤字なんてところも多いから、みんなが思っているほどお金に余裕があるわけではないのよね。

「どうかなされましたか？　あなた方の仰《おっしゃ》るとおり最高金額の裏メニューですよ。もしかして支払えないと？」

私の追及で、三人は焦りの表情を浮かべていた。

「ファリスさん」

「はい」

私は、三人とのやり取りを見守っていたファリスさんに対し声をかけた。

彼女が返事をした途端、三人は体をビクっとさせた。

よしよし。計画どおりね。

「まさか、貴族様が自分で払うと言った代金を支払えないなんて！　これは予想外でした。仕方がないですね。後日、ファリスさんが魔法学院において取り立てていただけませんか？」

「えっ？　私がですか？」

「私では学院の中に入れないですからね」

「そういうことなら……」

「それにしても驚きました。まさか、貴族様が金貨二枚程度の料理の代金を支払えないなんて……」

私のみならず、店内にいた全員の視線が三人に向かった。

先ほどまで散々自分たちが貴族の令嬢であることを誇っていたのに、金貨二枚すら支払えないのだから笑われて当然。

実はみんな、下級貴族ならあり得るとは理解していたけど、それを口にするほど優しくはなかった。

はっきり言って、三人の言動に不快感を覚えていたからだ。

「わっ、私は、頼んでなんか……」

「つまり、それを声を大にして言い張ると？　これだけの人たちが見ていたのにですか？」

貴族は偉いが、逆に言うと、偉いからこそみっともないことができない。

頼んでいないと言い張って料理の代金を支払わない場合、この店にいる多くのお客さんたちが、三人のことを噂にするであろう。

平民の噂をバカにしない方がいい。

すぐに、この三人が大言壮語したにもかかわらず、料理の代金を支払わなかったことが王都中に広がるはずだ。

彼女たち、親御さんに怒られるだろうな。

恥をかかすなって。

「というわけですから、代金は責任を持ってファリスさんに取り立ててもらうことにしましょう。いかがです？」

「「「……」」」

はっきりとした返事は聞けなかったが、三人はすごすごと逃げるように店を立ち去った。

実家が大した貴族でもないくせに、ファリスさんに唯一勝てる要素だからと、陰湿なイジメをした罰よ。

「ああ、ファリスさん。別に無理して取り立てなくていいわよ」

「えっ、ですが……」

「どうせこれから、あの三人はあなたが近づくと逃げるだろうから。なにもしなければしないで、今度はいつあなたが取り立てに来るかビクビクしているだろうけど。いい薬よ」

「女将さん……ありがとうございます」

「貴族が多い魔法学院に通っていれば、あんな輩《やから》も出てくるのは避けられない。今のファリスさんに必要なのは、男女問わず相手に面と向って主張する勇気と度胸かもしれないわね」

下級貴族である彼女たちを怒らせたとて、実家がなにかしてくるとは思えない。

実は、魔法学院で一番魔力量が多いファリスさんは、自分が思っている以上に立場が高かったからだ。

それに、スターブラッド商会の身内みたいなものだから、魔法学院が公に圧力をかけさせるなんてこと認めないわよ。

どちらかというと内向的で、向こうが嫌味を言うと、怯えてビクビクしているファリスさんだからこそあの三人も調子に乗ってしまい、わざわざこの店に顔を出してまで嫌味を言いに来たのだろうから。

それにファリスさんは、成績優秀者ではあるけど首席というわけではないそうで、普通ならそちらを標的にしてもいいはず。

多分大貴族の子弟だから無理なんだろうけど……。

つまり、ファリスさんは成績優秀者たちの中で一番嫌味を言いやすい生徒というわけ。

「男性恐怖症も徐々に克服しつつあるようだし、もう少しといった感じかな」

「女将さん、ありがとうございます。あの……この料理の代金ですけど……」

か？


「ああ、この料理の代金ね」

どうしようかなと思ったけど、一旦下げてから『食料保存庫』に入れて、分割して売ればいける
どのくらいに分割して、いくらで売れば赤字にならないか。

などと、日本人特有の『勿体ない精神』を発露させていると……。

「俺様が買うぜ。はい、ユキコ女将」

なんとその場で静観していたミルコさんが、子ワイルドボアの丸焼きの代金金貨二枚を支払ってくれた。

意外な人物からのお支払いね。

お爺さんが出すのならあり得るとか、ちょっと期待してしまった自分がいたけど。

「ファリスの面倒を見てほしいと頼んだのは俺様なんだぜ。料理はみんなで分けてくれ」

「「「「やったぁ――――！」」」」

突然のご馳走に、お店のお客さんたちは歓声をあげた。

「ミルコさん、ありがとうございます」

「そういえば今日は、ファリスの誕生日だからな。そのお祝いも兼ねてだぜ」

それは知らなかった。

というか、最近のミルコさんは気が利くわね。

好感度が上がってきたかも。

「ファリスも今日で十六歳かぁ……。昔は小さかったんだけどなぁ……俺にちょこまかついて来て」

「ミルコさん、恥ずかしいですよ」

つまり、ファリスさんは背も胸も大きくなったわけね。

私と同じ年なのに、ここまで胸の大きさに差があるとは……。

この世界の女性たちは、本当に発育がいい人が多いわね。

「でも、俺様はユキコ女将の慎《つつ》ましい胸も好きだぜ！」

「それを今言うな！　心を読むな！」

「俺様、女性は胸の大きさじゃないよって、言いたかったのに……」

この人は、最後の最後まで油断できないわね。

というか、胸が小さくて悪かったわね！

最初はちょっと不安があったけど、うちのお店に新しい看板娘が加わった。

魔法学院に通うファリスさんだ。

徐々に男性恐怖症も克服しているようだし、卒業まで働いてくれることを大いに期待したいと思う。

あと、私の考えていた『看板娘三人計画』だけど、やっぱりというか、想定内だったのか、まったくお客さんに普及しなかった。

私はまだ十六歳の乙女だというのに……正直なところ、解《げ》せぬ。

「女将さんって、もの凄い魔力量ですね。私よりも多いです……。しかも、魔法学院で勉強しなくても魔法が使えるなんて、天才じゃないですか」

「魔法は、魔法学院に通わないと使えないものなのかしら？」

「まれに、独学で使えてしまう人もいますけど。特定の魔法だけを習得しようと、短期講座を受ける人も多いですよ。魔法学院には参考になる書物も多いですし」

開店前の休憩時間。

新しく入ったファリスさんから、私はかなり変わっていると断言されてしまった。

魔法は、基本的に魔法学院に通わないと習得できないらしい。

だからファリスさんも、毎日嫌味な貴族出身の同級生たちがいる学院に通っており、さらに学費を稼ぐため、ミルコさんの精肉店で使う氷を作り、男性恐怖症と内気な性格を矯正するため、この店で看板娘をしている。

大分慣れてきたようだけど、この子は巨乳で気が弱い美少女なので、たまに男性客にしつこく言い寄られることもあり、その時の対応を見ると、なかなか完全には男性恐怖症を克服するまでに至らないようだ。

ただ常連さんと普通に話す分には問題ないので、短期間で大きな進歩と言えよう。

そんなファリスさんに、私がいつの間にか勝手に魔法が使えるようになっていたと言ったら、とても驚かれたというわけだ。

「まず、自分がどの系統が得意か、わからないと効率的に魔法を覚えられないじゃないですか」

「そうなんだ」

ファリス先生によると、魔法の系統は四つあるそうだ。

「火、水、土、風ですね。私は水と土に特化した魔法使いです」

水系統が得意な魔法使いなら氷を作れるので、氷室に氷を補充するアルバイトで効率よく稼げるそうだ。

ミルコさんは魔法使いをアルバイトとして何人も雇っていて、お肉を冷蔵保存する氷室に置く氷を確保しているからね。

なんでも、彼を真似て食材を冷蔵保存する飲食店が増え、魔法で氷を作れる魔法使いの需要が高まっているみたい。

「土は、攻撃は地味ですけど、魔法薬の調合や魔法工作《クラフト》には必須の系統ですね」

物作りイコール土系統というわけね。

「風と火はわかりやすいと思います」

竜巻だの、カマイタチだの、火球だの、火柱だのと。

派手な攻撃魔法の種類が多いイメージね。

私は攻撃魔法は使えないけど。

「ユキコさんって、確かに攻撃魔法は使えないですけど、四系統の魔法を全部使えますよね？」

「そう言われるとそうね」

魔法で火つけができるし、薪や炭がなくても燃焼を長時間維持して、火力の調整も思いのまま。

なにより便利なのは、この前の子ワイルドボアの丸焼きを作った時ね。

丸焼きは焼きあがるのに何時間もかかるのが普通だけど、私の場合、任意の座標の温度を自由に変えられる。

火が通るのに時間がかかる食材の内側もすぐに加熱されるから、なんと子ワイルドボアの丸焼きが三十分でできてしまうという。

水系統は、お店には井戸があるけど、その気になれば水を魔法で出せるから、水不足になっても安心。

氷はいつも作っているわね。

食材の、特にお肉の冷蔵保存や熟成では重宝しているわ。

風は、炭を熾《おこ》す時に団扇《うちわ》がいらないのがいいわね。

焼いている串焼きに魔法で風を当てながら、同時に他のこともできるから便利よ。

土は……食器や調理器具がなくても大丈夫。

土で竈《かまど》を作り、石塊《いしころ》を削ってお皿を作ったり、石のナイフや包丁を作ったりと。

この世界に飛ばされた直後のサバイバル生活では大いに役に立ったわ。

このお店の地下室を広げたり……通常の地下倉庫も、お肉を保存し、熟成するための氷室も確保できたわ……地震に備えて、地下室を強化したりも。

全部食べ物関連のことばかりだけど、私は酒場のオーナーだから役に立つから問題ないと思う。

「いきなり魔法を使えたんですか？」

「いきなりではないわね……」

説明が難しいのだけど、魔獣を倒した直後、なんとなくその魔法が使えるようになったような気がして、実際に試したら使えたというわけ。

あとは繰り返し練習して、魔法の精度を上げたということを説明する。

「普通の魔法使いは、本を見て練習するんですけど」

古い魔法の書物には、数えきれないほどの魔法が記載されており、色々と試して使えるものが見つかったら、あとはそれを反復練習するのだそうだ。

私のように本も見なくても、なんとなく使えるようになった気がするということはないそうだ。

他の世界の人間だからかしら？

本来は色々試行錯誤して、自分の使える系統と魔法の種類を探していく。

だから魔法学院があるのだろうけど。

「しかも、全系統使えるのも凄くレアなんですよ」

「料理関連の魔法だからじゃないかしら？　ある意味一系統よ」

「あくまでも適性がある系統の問題なので、魔法の種類とかは関係ないですよ。苦手な系統は、どんな種類の魔法でも使えませんから」

火魔法が使えないと、火付けも大変そうね。

この世界に、ガスレンジや電熱調理器は存在しないのだから。

「そういえば魔獣を倒した直後、魔法が使えるようになった気がするのと、身体能力が上がる現象ってなに？」

「『レベルアップ』ですね。普通は体が軽くなった感覚と共に、自分の身体能力が上がったことを実感するのみですけど。魔力量も上がりますが、これは魔力が空になるまで魔法を使って、自分で魔力量を計って実感するしかないのです。女将さんは、ハンターや猟師としても一流になれそうですね」

さらに、魔獣を一定数倒すと強くなる現象は必ずしも全員がそうなるわけではないそうだ。

「大半の人たちは、鍛錬の成果なのか、レベルアップの成果なのか、判別がつかない程度にしか強くなりません。一般人ならワイルドボアをどうにか狩れる程度ですね」

もう一つ。

レベルアップは、魔力がなくても上がる人は上がるそうだ。

親分さんはその口であり、プロのハンターになるような人たちの中にも多いらしい。

RPGで言うと、戦士、武闘家、狩人《かりゅうど》みたいな扱いになるのか。

自警団では、そういう人の比率が高いそうだ。

もしもの時は腕っ節勝負になるので、レベルアップしないと仕事として続けるのが難しいのかも。

レベルアップのために定期的に魔獣狩りをしていると聞いたけど、全員がレベルアップするわけではないらしいから、そこで他の職業に就くように引退勧告が出されるわけね。

ボンタ君はレベルアップするみたいだけど、性格的に向いていないと、親分さんから料理人に転職するように言われていた。

「貴族やその家族の中でも、稀《まれ》にいくら魔獣を倒してもレベルアップしない人もいるそうですが……」

レベルアップと魔力のあるなしは関係ないので、魔力が少なく、レベルアップもしない貴族の子弟は、特に軍人家系のところは役立たずとして勘当されてしまう人もいるのだと、ファリスさんが教えてくれた。

それでもまだ文官系の貴族なら、別に強い弱い、魔力の有無は関係ないので、それを理由に勘当される人はいないそうだ。

ただ単に、余った子供が貴族でなくなるだけという。

読み書き計算はできるので、コネがある大商会に就職する人たちが多いのだと、ファリスさんは語る。

世界が変わっても、そういう話ってあるものなのね。

「なるほど。どんな仕事に就くにしても、レベルアップして損はないのね」

私の場合、半年のサバイバル生活で、ララちゃんも故郷の村から王都までの狩猟採集生活でレベルアップしていたのか。

確かに昔より体が軽くなったような気がするし、調理で使う魔法の精度、威力、持続時間は増え続けている。

なにより、一日に出せる醤油と味噌の量も増えたしね。

「さすがはファリスさん。わかりやすい説明をありがとう。魔法学院に通っているだけはあるわ」

ファリスさんは物知りで、説明も上手だった。

眼鏡をかけているから頭がいい？

それは関係ないか。

「魔法学院に通わなくても、普通に魔法を使っている女将さんの方が凄いと思いますけど……極東の方々って、みんなそうなのですか？」

「……あ――――、全員ではないかな」

ファリスさんにも、私は東の果ての『ジパング』から迷い込んだ者だと説明していたけど、日本に魔法を使える人なんて……いないよね？

「ファリスさんは、ハンター志望なのかしら？」

「いえ、私は魔法薬を調合する、魔法薬師志望ですね。運よく土系統が強いので」

この世界では、怪我や病気の治療に魔法薬を用いることが多い。

これを調合可能なのは土系統が強い魔法使いで、魔法薬の調合をメインとする魔法使い『魔法薬師』と呼ばれる存在だ。

自分で調合するってところが、地球の薬剤師よりも凄いのかもしれない。

「同じ土系統でも、工作が専門の人はクラフトマンと呼ばれますね」

普通の職人や鍛冶師《かじ》とは違って、魔力が込められた武具や、魔力で稼働する魔法道具を作れるのがクラフトマンで、腕のいい人は大規模な工房を経営しているのは知っていた。

照明、冷暖房機具、レンジのような、便利な魔法道具は色々とあるのだけど、かなりの高額なので、金持ちの家か、高級レストランくらいにしか置かれていないはず。

私の場合、自分の魔法で補っているから、今のところはなくても問題ない。

「あっ、でも。いくらファリスさんが魔法薬師志望でも、レベルアップは魔獣を倒さなければ必要な魔力量が会得できないのでは？」

魔法を沢山使えるようになるためには、魔力を増やすのが一番だ。

魔法の精度を上げて魔力消費量を節約し、同じ魔力量でも魔法を使える回数を増やすという方法もあるそうだけど、この方法だとやはり限度がある。

強い魔獣を沢山倒してレベルを上げ、魔力量を増やしていくのが一番の早道というわけだ。

「そうですね。なるべく多くの魔獣を倒した方がいいのは確かです」

ここで、ある種のミスマッチが発生するわけだ。

魔法薬師とクラフトマンは、普段の仕事で魔獣と戦うことなどあり得ない。

だが、質のいい仕事を多くこなすには、より多くの魔力が必要で、魔力量を増やすには魔獣を倒すしかないわけで。

となると、やはり魔法薬師とクラフトマン志望者は魔獣を倒す必要があった。

特に、魔法学院に在学している間に、一匹でも多くの魔獣を倒す必要があるのだ。

当然狩猟に出かけなければいけないのだが、まさか一人で行くわけにもいかないわけで……。

ここで必要となるのは、友達を作る能力とか、人脈、コネとなる。

「（ユキコさん、もしかしてミルコさんがファリスさんをこの店に連れて来たのって……）」

「（大凡《おおよそ》、ララちゃんの予想どおりだと思うわ）」

魔力は多いけど、男性恐怖症で、人見知り気味で、貴族の娘みたいに実家の力があてになるわけでもない。

レベルアップのための魔獣討伐の機会になかなか恵まれず、今は魔法学院一の魔力量でも、このままだと徐々に落ちこぼれてしまうわけか。

「ファリスさんは、ミルコさんの狩猟に同行しているんでしょう？」

「たまにですけど。ですが、ミルコさんたちは主に朝から狩猟をしているので」

朝獲れってわけでもないと思うけど、獲った獲物はその日のうちに下処理しなければ鮮度を保てないので、午前中は魔法学院の講義があるファリスさんの場合、休日でなければ狩猟に参加できないわけだ。

私たちが定休日に行っている狩猟にも参加できる機会がほしいというわけね。

きっと、ミルコさんがファリスさんに教えたのだと思う。

ファリスさんの魔法は便利だから、別にいいけどね。

「明日、ちょうど定休日で狩猟だから一緒に参加する？　定休日の狩猟だけど、これは自由参加でアルバイト代は出ないけど」

定休日だから、別に参加する義務はないので、給料は発生しないわけだ。

細かいことだけど、そこは経営者として厳しくやらないと。

その代わり、一緒に狩猟をしているから、獲物はざっと査定して、頭割りの金額を渡しているけどね。

獲物はお店で出したり、賄いで使ったりするから。

「是非、お願いします」

私の提案をファリスさんは受け入れ、ミルコさんの目論見《もくろみ》どおりなのだけど、彼女も明日の狩猟に参加することになった。


「女将さん、実は私も攻撃魔法は苦手な方なんですよ」

「にしては……エグイ魔法ね」

「ユキコさんの戦闘力もですよ。確かに攻撃魔法……ではないですね。魔獣からすれば同じようなものですけど」

「僕としては、効率が上がったからいいかな」

狩猟日の当日。

私たちは、岩の拘束具で動けなくなったワイルドボアたちを見て、ファリスさんの魔法の才能に啞然としていた。

これは、先日の貴族令嬢たちも嫉妬して当然というか、自分たちの立場に危機感を抱いても不思議ではないと思う。

私たちに迫っていたワイルドボア数頭だが、すべて外側から魔法で作られた岩の拘束具に覆われ、身動きが取れない状態に追い込まれていたからだ。

これまでのようにボンタ君が殴りつけて気絶させる必要もなく、すぐに私が魔法で眠らせ、ボンタ君が目隠しをしてリアカーに回収していく。

あとの下処理と解体はこれまでと同じだけど、ワイルドボアとの戦闘から解放されたボンタ君は、圧倒的に楽になったわけだ。

「今でも凄い実力ね。一人でも大丈夫そう」

「むっ、無理です！　魔獣にトドメを刺すなんて！」

あっ、そうか。

魔獣を岩の拘束具を用いて動けなくすることができても、彼女は魔獣を殺すことができないわけだ。

私は子供の頃からお祖父ちゃんに教わってやっていたし、ララちゃんの故郷である農村などでは、魔獣を殺せない人はお肉が食べられない。

ボンタ君は、親分さんの元で狩りに積極的に参加していた。

しかし、これだけの大型生物を殺すという行為に抵抗を感じる人が多くても不思議ではなく、ましてやファリスさんは王都育ち。

魔獣にトドメを刺すことに、忌避感や恐怖心を抱いても当然か。

「でも、いつかできるようにならないと」

私たちやミルコさんと一緒の時はいいけど、魔法学院の生徒たちと狩猟に出かけた時……そうか、みんなファリスさんと似たような境遇の人が多いから、余計に彼女はハブられてしまったのね。むしろ農村の出で、魔獣を殺すことに抵抗がない人の方が、貴族の子弟たちは重宝して狩猟に誘うかもしれない。

「(元からの気質と合わせて、なるべくしてなったボッチ体質なのか……)」

可愛らしく巨乳なのに、運がないのねこの子。

男性恐怖症だから、男性ハンターに上手く渡りをつけて同行することもできないわけで。

「うちの場合、あまり獲物の数は稼がない方針だから、数はミルコさんのところで帳尻合わせてね。それで、トドメの刺し方なんだけどね」

「えっ――――！　私がやるんですか？」

「当然」

魔法薬って、かなりの割合で魔獣の素材も多かったはずだけど……。

素材を仕入れられればいいのだろうけど、学生の間はそんなにお金もないだろうから、実家がお金持ちでもなければ、自分で採取して材料を入手するしかないということにもなるはず。

「ワイルドボアの肝が欲しいって、最初に言っていたじゃない。それも質がいい肝を」

これまでワイルドボアの肝は売却していたのだけど、これは魔法薬の材料としてはよく使うものなのだそうだ。

肝は胆のうなので胆汁が取れ、これを多くの魔法薬に少量添加する必要がある。

他の魔獣の肝も同じような使い方をするらしいけど、私は魔法薬なんて調合しないので詳しいことはよくわからなかった。

でも、確かに売るといい値段だったのよね。

私たちが処理した肝は新鮮で品質がいいという理由もあったようだけど。

古い胆汁でも材料にならないってことはないそうだけど、品質が悪いと他の材料の量を増やす必要があるとかで、結局多少高くても品質のいい肝を購入した方が、魔法薬の製造コストは下がるみたい。

でも、ハンターや料理人たちの肉や内臓の扱いを見るに、品質のいい肝はなかなか手に入らないというわけだ。

丁寧な下処理で時間を使うよりも、魔獣を倍狩った方がお金になるから。

「ナイフを素早く入れて、心臓近くの太い頸動脈《けいどうみゃく》を一気に切り裂いてね。血は、下の桶で集めるから」

「はい！」

眠らせているワイルドボアを木に吊るし、トドメと血抜きの作業に入るが、これをファリスさんに任せることにした。

いきなりすぎると思わなくもないけど、前段階で半殺しにするなんて作業もないわけで……いくら魔獣でも半殺しにしたらもっと可哀想なのだけど……サクッとトドメを刺してもらい、慣れてもらうことにした。

その方が手っ取り早いから。

もしこのまま魔獣が殺せないままだと、将来魔獣と遭遇した時に体が竦《すく》んでしまい、殺されてしまいましただなんてことになったら、不幸以外の何物でもないのだから。

「血がこんなに一杯！」

「はいっ！　これも食材なので零《こぼ》さないよう、桶に集めてね」

「はいっ！」

「次は毛抜きと、内臓を抜いて！」

「ヌルヌルしますぅ――――！」

「内臓も素早く処理していく。肝は破かないでね。零れた胆汁がかかると、お肉や内臓が苦くなっちゃうから」

「はいっ！」

意外というと失礼だけど、ファリスさんは流れ出る魔獣の血を見て気絶してしまうかも、という私の心配は杞憂《きゆう》で終わった。

確かに怖がりな面もあるのだけど、同時に彼女は肝も据わっているような気がする。

ちゃんとワイルドボアの内臓を、ララちゃんの指示で丁寧に処理しているのだから。

人間の男性相手じゃなければ大丈夫なのかしら？

「終わりましたぁ――――」

ただ、やはりいきなりだったので精神的にも肉体的にも摩耗してしまったようだ。

作業が終わると、ファリスさんはその場に座り込んでしまった。

「新鮮なワイルドボアの肝。これ、買うととても高いんですぅ――――」

そして、手に入った新鮮なワイルドボアの肝に大満足なローブ姿の美少女。

ちょっとシュールな光景であった。

「女将さん、ふと思ったんですけど……」

「なに？　ボンタ君」

「ファリスさん、女将さんに似ている部分があるかもしれないです」

「……そんなことは……」

「だって、先週大きなワイルドボアが獲れた時、『新鮮なレバーだぁ――――！』って、女将さん喜んでいましたよ」

「そっ、そんなことあったかしら？」

ボンタ君、そんなどうでもいいことをいつまでも覚えていると、モテない男になってしまうわよ。


この日の狩猟は無事に終わり、以降もファリスさんは定休日の狩猟によく参加するようになった。

最初はおっかなびっくりやっていた獲物の処理にも慣れてきて、魔法薬製造に使う新鮮な魔獣の肝も手に入り、魔法薬師としての修業も順調そうでよかったと思う。

あとは、少しはマシになってきた男性恐怖症の緩和なのだけど……。

「ファリスちゃん」

「はっ、はい……」

まだ慣れていない常連さん二人に声をかけられ、ファリスさんはその場でビクッとしてしまった。

「まだファリスに怖がられているとは情けないんだぜ」

「うるせぇ！　俺はミルコみたいに若くねえから仕方がないんだよ！」

「若さは関係ないだろう。魔法薬を作ってもらってその面をなんとかした方がいいと思うんだぜ」

「そんな魔法薬、存在しねえよ！」

「あの、今日も二人なんだけど、案内まだ？」

「ファリスさんは……無理ね。ララちゃん」

「は――い。あっ、いらっしゃいませ。もう少し頑張って通って、ファリスさんに怖がられないようにしましょうね」

「ひえっ！」

「もっと通えってか。ララちゃんは商売が上手だな」

「言えている」

「こちらのテーブル席にどうぞ」

なんとか接客はできるようになったけど、やはり初見の男性客の接客は無理みたい。

もう少し訓練が必要だけど、慣れれば注文くらいはできるようになるから、今後もうちのお店の新しい看板娘をよろしくね。

第十一話　竜様のお通りだ！

「お客さんが……全然来ない……。まったく、商売あがったりよ！」

「ユキコ女将、今はそれどころじゃないんだけど……と言っておくぜ」

「私たちからすれば、このまま商売ができないことの方が、よっぽど危険よ、ミルコさん。竜？　そんな見たこともない生き物のせいで、お客さんは全然来ないし。お爺さんもいないし、親分さんも……」

「お祖父様は今は緊急事態だから、スターブラッド商会全体の指揮を補佐している。親分さんは自警団のトップだ。竜に対応すべく王国軍が臨戦態勢である以上、王都各地の治安を維持するために駆り出されているんだぜ」

「ミルコさんは？」

「うちも商売あがったりだけど、保存している肉を腐らせないことこそが、明日の利益に繫がると、俺様は思っているのさ。熟成肉の仕込み期間ってわけだぜ。もっとも、竜に対応すべく魔法学院の生徒たちにも待機命令が出ていて、氷を出せる魔法使いの確保が……ファリスがいてくれて助かっているんだぜ」

「アンソンさんは？」

「あいつは、王国軍からの命令で軍人たちの食事を作っている。ユキコ女将の狩猟に連れて行ってもらっているおかげで、あいつは野戦・携帯食のレパートリーが多いから、大人気で忙しいんだぜ」

「そうなんだ」

「ユキコさん、全然お客さんが来ないですね」

「女将さん、これは臨時閉店も致し方なしなのでは？」

「ララちゃん、ボンタ。俺様がいるんだけど……」

「ミルコさん、もっと注文してください」

「俺様が頼む量だけじゃあ限度があるだろう。それにしても、ファリスも言うようになったものだぜ。夕飯がまだだから、なにかお腹に溜まるものが欲しいぜ」

「まいどあり」

「はあ……ユキコ女将、ところでうちの肉いらない？」

「お客さんが来ないとねぇ……」

「だよなぁ……だぜ」


いつもどおりお店を開店させたのはいいけど、お客さんはミルコさんだけだった。

私のお店が飽きられたからとかそういう理由ではなく、王都に巨大な竜が迫っているため、みんなお酒や串焼きを楽しんでいる場合ではなかったからだ。

もしもに備えて、避難準備に忙しいわけだ。

あまり露骨にやると偉い人たちから睨まれるかもしれないので、こっそりとやっているのだけど、それでもうちのお店に来る余裕はないみたい。

竜の接近に伴い、食料品を始めとする物価が上昇傾向だから、外食する余裕はないというのもあった。

お爺さんも親分さんも忙しいそうで、お店には来ていない。

ミルコさんは、せっかく解体・処理したお肉を腐らせないよう、必要な氷の確保と、肉を腐らせない冷蔵作業に、熟成肉製造に関するアレコレを終え、ここに顔を出していた。

王都の店の多くは竜騒動のせいで閉まっているか、それに便乗した値段の高い、美味しそうには見えないものしか売っていないのだそうだ。

世界が変わっても、有事の際の便乗商売というものは存在するものらしい。

「もっとも、それで一時的に儲けても、竜のせいで王都が壊滅したら意味がないかもしれないけど……従業員たちの給金どうしようかな？」

経営者であるミルコさんは、王都に迫りつつある竜の動向に頭を悩ませていた。

もし竜が王都を壊滅させた場合、せっかく経営が安定してきた精肉店が駄目になってしまうからだ。

雇っている従業員たちの生活もある。

ミルコさんとしてはクビを切りたくないのであろうが、状況によっては非情の決断を下さなければいけないのが経営者であり、もしそうなったらどうしようといった表情を浮かべていた。

「ええいっ！　悩んでも仕方がない！　食ってやる！　これ美味しいぜ！」

悩んでも、食事をする手が止まらないところは、さすがはあのお爺さんの孫というべきか。

そういう動じないところは、経営者に向いているのかもしれない。

「ウォーターカウの熟成肉のロースト肉、温泉卵添えです」

「これは美味い。今日は得したな」

「大銅貨二枚ですけど」

「高っ！　くもないか……他の店なら、軽く三倍の値段はするんだぜ……その前に、作れない店が大半だろうし……」

「ううっ、賞味期限の迫った食材、仕込んでしまった大量の料理……廃棄ロスが、うちの店を殺しにくるわ。竜には殺されなくても……（最悪、『食料保存庫』に仕舞えば大丈夫ね）」

うちは潰れないという事実が判明し、私は内心安堵《あんど》した。

この世界には竜が存在し、彼らは圧倒的な強者であり、しかも勝手気ままに移動するそうだ。

その進行ルート上にある村や町、一国の首都とて彼らの前では無力な存在でしかない。

ある種の生物災害という扱いなのだと思う。

数百年に一度来るかもしれない、避けられない超巨大台風とか、大地震とかそんな類の扱いね。

軍隊を出して防いだとしても、運がよければルートをちょっと外れてくれるかもしれない。

その程度の効果しか期待できないそうだ。

かと言って、なにもせず町や城が竜により壊滅させられるのを指をくわえて見ていたら、軍隊の存在意義を疑われてしまう。

過去に多くの国の軍勢が竜に挑み、そのすべてが返り討ちに遭ってしまったそうだ。

合理的に考えれば、いったん竜から逃れ、壊滅した町で救助活動や復興の手伝いをした方がいいのだろう。

だが、軍が逃げ出したなんてことが民衆に知られたら、それは軍の存在意義を問われる事態となる。

いったいなんのために、我らは普段高い税を払っているのだと。

そんな理由で、今王国軍は竜との決戦に備えての準備に忙しい。

引くに引けない状態というわけだ。

「ファリスは、ここにいていいのか？」

「魔法学院の生徒たちにも待機命令が出ている人もいます。その全員が貴族の子弟ですけど……」

「身分がどうこう言っている場合でもないような……」

「そうなんですけど、ここでもし平民出の魔法使いたちが活躍してしまうと、という懸念もあるそうです」

戦争や有事の際に、軍の先頭立つのは貴族でなければならない。

そんな原理原則のおかげで、平民出の魔法使いであるファリスさんは暇らしい。

さすがにこの状況で魔法学院も授業なんてしないだろうし、平民出身の彼女には動員も待機命令もかからなかったそうだ。

「もしかして、私たちも逃げ支度が必要かしら？」

私の場合、『食料保存庫』があるから、別に逃げても問題ないのよね。

お店は、竜が通りすぎてから再建すればいいのだし。

この世界には、他にも多くの国や都市があるので、そこで再起しても全然問題ない。

ララちゃん、ボンタ君、ファリスちゃんの給金も、数年くらいならお店を一日も開けなくても支払えるだけの余裕はある。

その間に、もっと沢山色々な食材を集めておけば、それは将来の売り上げにも繫がるからね。

そう思ったら、急に気分が楽になってきたわ。

「ユキコ女将は、余裕そうだぜ」

「私自身と、従業員たちの暮らしは必ず守るわ」

「ユキコ女将、いますぐ俺様と結婚して俺様の暮らしも守って！」

「嫌です」

「やっぱりだぜ！」

ミルコさん、やっと経営者としての自覚が出てきたのだから、しゃんとしなさい。

アンソンさんや親分さんに負けてしまうわよ。

「ところで、竜ってどのくらい凄いの？　美味しいの？」

「女将さんからすると、そこが一番大切なんですね……」

「当たり前よ。料理人の端くれとして、新しい食材に興味を持って当然」

だってボンタ君。

私たちは、飲食店の人間なのよ。

竜という生き物の巨大さ、凶暴さ、理不尽さなんて、人から話を聞いて想像するしかないけど、その美味しさについてはもっと正確に理解できるかもしれないじゃない。

純粋に、食べてみたいというのもある。

理由もわからず異世界に飛ばされてしまったからこそ、そういう異世界ならではの味を楽しんでも罰は当たらないと思うのよ。

「ユキコさん、たとえ美味しくても倒せないんじゃ意味ないですよ。もしかして、ユキコさんは竜を倒せるとか？」

「まさか」

他の魔獣ならともかく、竜ほど巨大な生物を倒せるわけがないじゃない。

人間が○ジラを倒すようなものよ。

「ファリスは、魔法学院でそういう書物を読んでいるんだろう？　どうなんだぜ？」

「美味しいらしいですよ。天にも昇るような美味しさだそうで」

「美味しいのか！　それは驚きだぜ！」

美味しいけど、倒すのに命がけ……どころか、普通に戦っても勝てないんじゃないかと思うけど、過去に竜を倒した人はどういう方法を用いたのかしら？

「竜で食べられない部位は、眼球、骨、歯、牙くらいだそうで、それらも、眼球の中の液体は、どんな重傷、重病患者でも治せる魔法薬の材料として、骨などは武具や魔法道具の材料として非常に重宝されている、と古い書物には書かれていました」

「古の人たちは、どうやって竜を倒したのかしら？」

軍隊でも全滅してしまうくらい強いというのに。

もしかして、ここで異世界から勇者が現れてとか？

「実は、竜を倒すのに必要なものなら、私も持っていますよ。これです」

そう言うとファリスさんは、革袋の中からどこにでも生えていそうな草を取り出した。

緑色で、牛とかが食べそうな牧草にも見える。

「雑草？」

「はい、基本的には雑草の類です。私でも手に入れられるのですから、入手も容易です。これを一定量以上食べると、竜は死んでしまうのですよ」

「毒殺かぁ……」

戦って倒せないのなら、毒殺作戦で倒すってわけね。

昔の人、頭いいじゃない。

「でも変ね。そんな方法が知れ渡っているのなら、今王都に迫っている竜だって……」

草を集めて食べさせ、毒殺してしまえばいいような気がするけど。

「それが、ちょっと味見してみてください。この草は、人間には無毒なので食べても大丈夫です」

人間には無毒でも、竜には猛毒ってわけか。

ファリスちゃんに勧められてほんの一欠片《かけら》、草を口に入れると、形容しがたいレベルの苦みが襲ってきた。

「これは……」

「実はこの草、人間には胃腸の薬として使われています。この苦みが胃腸の不調を回復させるのです」

「でも、この苦さが竜にはまるわかりだから、致死量まで食べてくれないわけですか」

「そう書物には書かれていますね」

ボンタ君の推測を、ファリスさんはそのとおりだと肯定した。

食べさせようにも、苦すぎて竜に気がつかれてしまうわけね。

「じゃあ過去の人たちは、どうやって竜にこの草を致死量分食べさせたのですか？」

「それが、料理を作ったそうなのですよ」

「「「料理?!」」」

思わず、みんなの声が重なってしまった。

竜が料理を食べるのか……。

「それが、竜は意外と人間の作るものが好きだそうです。過去には竜に遭遇したものの、所持していたお弁当を差し出したら襲われずに済んだ話とか、生《い》け贄《にえ》じゃなくて料理を捧《ささ》げたら竜はその村を避けて通ったとか。そんな伝承も書物には書かれています」

料理が好きな竜、というのは驚きね。

お客さんになってくれたら、さぞや沢山食べてくれるはず……代金は……地球のファンタジー作品だと、竜ってお宝を溜め込むのが好きだって聞いたことがあるけど、この世界の竜は常に移動しているからお宝なんて持っていないか。

それにお宝を溜め込むのが好きなら、ケチで代金を払ってくれないってこともありそうね。

「それなら、料理を沢山作って王都を避けてもらうという手を用いればいいのにね」

意地を張って軍勢で阻止したのはいいけど、竜の怒りを買って軍勢は全滅。

それに加えて王都も壊滅という結末では、この国もボロボロになってしまう。

ここは変に見栄を張らず、頭を使えばいいような気がする。

この国の衰退は、他国に対し隙を与えることになってしまい、今度は人間同士の戦争が始まってしまうかもしれないのだから。

「アンソンさんに、竜が気に入る料理を作ってもらうとか」

「俺は、その任務から外されたのさ」

「「「アンソンさん！」」」

「あれ？　噂をすればだぜ」

ちょうどいいタイミングと言っていいのか。

店内に噂をしていた張本人が入ってきたので、みんな同時に大きな声が出てしまった。

「王族や貴族連中も、そこに思い至らないほどバカじゃないからな。王城の料理人たちが、自称珠玉の逸品を作って、竜の進路上に置いたのさ」

「それで？」

「見事に失敗だ。あの料理の出来ではな……」

竜が料理を気に入らなかった理由は容易に想像がつく。

きっと旧態依然なままの、下処理も保存もいい加減な獣臭い肉を、大量のハーブと塩で誤魔化した料理だったんでしょうね。

「ユキコならわかると思うが、竜が食べると死ぬ草は苦い。この苦みも消そうと、さらに大量のハーブ類と塩で誤魔化し、それぞれが味を主張し続ける各種ハーブの味と、しょっぱくてなにを食べているのかわからない、けったいな料理になったんだ。俺は、これでは駄目だと言ったんだぜ」

ところが、アンソンさんはすでに王城の料理人を辞めている身だ。

加えて言うなら、老舗高級レストランを経営している家の出でない。

『お前は、兵士に飯でも作っていろ！』と元の先輩たちから叱られ、竜に料理を出す作戦からは外されてしまったそうだ。

「それで、けったいな料理を突きつけられた竜が激怒してな。王国軍の先遣隊は壊滅した。俺は嫌われて後方にいたから助かったわけだ」

先遣隊の壊滅により、アンソンさんがいた後方部隊は一時撤退してきたそうだ。

現在王都で編成中の本軍と合流するためだそうだ。

王都に戻って来て、少し時間があったからここに顔を出したのだと、アンソンさんは言う。

「これは駄目かもな。料理作戦は失敗し、王国軍の主戦派は竜との決戦を目論《もくろ》んでいるが、相手は竜だ。勝てるわけがない」

　これは、逃げて他の町なり国で新しく店を始めた方が賢明かも。

　アンソンさんはそれを私に伝えるため、ここにやって来たのだそうだ。

「俺も逃げるから、逃げた先で一緒にレストランをやらないか？」

「おいっ！　アンソン！　そりゃあないだろうが！」

　今度はアンソンさんが私にプロポーズしてきて、それを聞いたミルコさんが彼を咎《とが》めた。

　あまり人のことは言えないと思うけどね。

「俺様はどうなるよ？」

「ミルコ、我が親友のことは、俺は死ぬまで忘れないさ」

「覚えていればいいってもんじゃないぜ！　それなら、俺様がユキコ女将と余所《よそ》に逃げて店を新しくやるぜ！」

「それは駄目だ！」

「どんな根拠で、それは駄目なんだぜ！」

「だって、ユキコは俺とレストランをやるから」

「ざけんな！　俺様がユキコ女将と店をやるんだぜ！」

「はいはい、両者落ち着いてください」

　私、今のところはどっちとも結婚するつもりもないし、お店も共同経営するつもりはない。

　だって私は、自分の好きにお店をやりたいから。できれば常連さんたちと変わらず、この場所で。

「でもなぁ……料理作戦は、王城の古臭い料理人たちが失敗させてしまった。王国軍が全力で挑んでも、竜には勝てそうにない。竜は、王都を避けない。手の打ちようがない」

「アンソンさん、そうと決めつけるのはまだ早計よ……ねえファリスさん」

「はい?!」

今、私から声をかけられるとは思っていなかったようで、ファリスさんはちょっと驚きながら返事をしていた。

「その古い書物に、竜を毒殺した時に出した料理の記述はないのかしら?」

「あります。ですが……」

「ですが?」

「竜を毒殺した時に出した料理のレシピは残ってはいるんです。ただ、その文字が、魔法関連の古文書でよく使われる古代語でもなく、他にその文字を用いた書物や石碑なども存在せず、解析しようにも非常に困難なので、まったく解読が進んでいないのです」

竜を毒殺した時に使われた料理のレシピのみに用いられた文字かぁ……。

つまりそれが解析できれば、そしてその料理が作れれば、竜を毒殺できる可能性が高くなるわけね。

「その本を見てみたいわね」

「これです」

「ファリスさん、持ってたんだ」

「魔法の理論書でなく、過去の記録なので貸し出し禁止ではないんです」

そして、この手の書物を読むのが好きなファリスさんならともかく、他の、特に貴族出身の生徒たちはこの手の本を借りないのね。

手っ取り早く魔法を覚えたいから、魔法の理論書しか読まないわけだ。

貴族にこそ教養が必要なのだから、ちゃんとこういう本も無駄だと思わず読めばいいのに。

「ここのページです」

「なるほどね……って!」

おいおい。

この料理のレシピとやらで使われている文字って……日本語じゃないの!

ひらがな、カタカナ、漢字の組み合わせは、この世界のミミズがのたくったような文字と比べると奇っ怪かもしれないわね。

「私は逆に、レシピ以外の文字が読めないわよ」

「ええっ――――! この文字を読めるんですか? もしかして、ジパングの文字? でも、ジパングの人たちはたまに交易に来ますし、この国でもジパングの言葉や文字を研究している人はいますが、こんな文字ではなかったですよ」

「これは、えーと、ジパングでも読めない人が多い古代語だから……」

そんなわけない……確証は持てないけど……私は別の世界のジパングに似た文化形態を持つ国から来ました、と言うと色々と面倒臭くなるので、そういうことにしておいた。

ジパングの文字って、日本語とはかけ離れているのか。

それにしても、この世界の文字は難しいわね。

少しずつ勉強しているけど、特にこの古代語とかさっぱりだわ。

ファリスさんから教わるのは……そのうち時間があったらにしよう。

「これが読めるのは凄いぜ、ユキコ女将」

「さすがは、俺のユキコ」

「私は、アンソンさんのものではありません」

そこはあえて強調しておこうと思う私であった。

私の身は、私のものなのだから。

親分さんがそう言うのなら、それは全然オーケーかな。

「それでユキコ。どんな料理なんだ？」

「ええとね。ほぼうちで出しているメニューです。味噌煮込み、串焼き、丸焼き、ステーキ、大量のエール。竜は、沢山のお肉とお酒が大好きみたいね。それと、レシピの他に一行だけ注意書きが。『竜に苦草の味を悟らせないためには、醤油、味噌などの発酵調味料を用いることと、竜はお酒が好きなので、大量のお酒も一緒に飲ませ、その味覚を鈍くさせることが重要である』だって」

味噌と醤油、あとはこの世界だと魚醤か……。

米麹《こめこうじ》はないだろうから、発酵調味料を利用した料理を作れというわけね。

なお『苦草』とは、摂取すると竜が死んでしまう雑草の名前である。

苦いから苦草とは、そのまんまのネーミングね。

「発酵調味料は、魚醬とかを使うといいのではないかしら」

「魚醬かぁ……王城の料理人は使わないからなぁ……」

この世界だと、魚醬は下品な調味料という扱いだそうだ。

だから、王城の料理人は使わないのが普通だ。

品質に差がありすぎて、お腹を壊すリスクが大きいからというのもあるのだけど。

そう言えば、私も魚醬は使わないわね。

醬油があるからかも、というのもあるけど。

「このメニューを王国の偉い人たちに伝えて、それを作って竜の進路上に置けばいいと思うわ」

竜に立ち向かうなんて難事、私たち平民ではなく、王国の偉い王族や貴族の仕事だものね。

書物の内容を伝えれば大丈夫でしょう。

「そうだな、俺が翻訳したレシピと共に伝えに行くよ」

「任せたわよ、アンソンさん」

古に竜を毒殺した料理のレシピを携え、アンソンさんは王城へと向かった。

向こうはみんなプロの料理人なので、初めて作る料理でもレシピがあれば大丈夫でしょう。

味噌と醬油は……王国が手を貸すはずだから、きっと大量の魚醬を用意してくれるはず。

などと安易に考えていた私であったが、事態は予想外の方向へ向かうことになったのであった。

「えっ？　駄目だったの？」

「本当の本に書かれたレシピが、ユキコが作る料理と同じだという保証がないだと。自分を売り込むための嘘なんじゃないかと……」

「そんな！　ユキコさんはそんな嘘はつきませんよ！」

「アンソンさん！　ちゃんと事実を伝えたんですか？　押しが弱かったのでは？」

「現状ではお前しか王城に伝えに行けないんだから、そこは頑張れだぜ！」

「そうですよ、せっかく女将さんが本の内容を翻訳してくれたのに！」

「ええっ！　一方的に責められているじゃないか！　俺！」

残念ながら、私が翻訳した料理のレシピを王国の偉い方々は信じてくれなかったようだ。

私が自分のお店を売り込むために嘘をついていると思われたみたい。

私は余所者なので、この国における信用度なんてこんなものか。

この店を守りたいけど、従業員の方が大事だ。私は王都からララちゃんを連れて逃げないと駄目かな？

ボンタ君はついて来てくれるかしら？

ファリスさんは王都の生まれで、お父さんはスターブラッド商会に勤めているから、そのままここに残ることを選ぶかな。

そんな風に考えていたら、そこに思わぬ人たちが顔を出した。

「お祖父様？　それにヤーラッドの親分も」

「テリー君もいるじゃない」

「女将、仕事を頼まれてくれるか？」

お爺さんと、親分さん、テリー君の三人。さらにお爺さんが私に仕事があると言ってきた。

「古い書物に書かれた竜を毒殺した料理のレシピ。再現は容易であろう？」

「まあ、いつも作っていますからね」

でも、量がどのくらいになるかが問題よね。

量によっては材料の追加と、人手も必要になってしまう。

同時に大量のお酒も必要だから、今のうちのお店にあるエールの在庫量だと足りるかという問題もあった。

「お爺さん、でもどうして？」

私が翻訳したレシピを、アンソンさんが持ち込んだことまで把握していて……伊達《だて》にこの国一番の規模を誇る商会の先代当主ではないか。

「決まっておる。このままだと、竜によって王都は壊滅するからだ」

でも、それは王国の判断だから仕方がないというか。

私たち平民は、逃げるしかないわよね。

元はといえば、私が翻訳した料理のレシピを信じてくれなかったという理由もあるのだから。

「まったく、王城の連中はバカばかりで困る」

「ご隠居、批判がすぎるのでは？」

「ヤーラッドの親分もそう思っているのであろう？　王国軍から命令されたとおり、軍に動員された警備隊に代わって自警団を出し、懸命に王都の治安を守っているのに、チンピラだとバカにされて」

「それも仕事のうちなので。貰うものは貰っていますし、俺も若い衆の将来に責任がある。もしもの時は、若い衆を連れて尻尾を巻いて逃げるしかないのでね。ご隠居は、スターブラッド商会を持って逃げられないので大変でしょうが……」

親分さんは、珍しくお爺さんに皮肉を込めた答えを返していた。

そうか。

確かに、お爺さんのスターブラッド商会は持って逃げられない。

王都が壊滅すれば、当然スターブラッド商会も大打撃を受けるはず。

だから、私に竜の毒殺を依頼したわけね。

「言ってくれるな。ヤーラッドの親分。それもあるが、先遣隊に続き本軍が全滅し、王都も壊滅すれば、この国は周辺の国から食われるぞ。当然この国も激しく抵抗するであろうから、多くの犠牲が出るはず。ワシはそれを防ぎたい」

「しかしお祖父様。それなら先に、本軍の無謀な戦を止めるのが先じゃないか？　お祖父様は平民なれど、スターブラッド商会の先代当主。貴族たちにも知己が多い。そのツテから対策できないのですか？」

ミルコさんの言うとおりで、そこはお爺さんが裏から手を回すとか。

いくらお爺さんが平民でも、この国一番の商会の先代当主なのだから、配慮する貴族たちも多いでしょうに。

「ワシは、本軍の無謀な開戦論の理由も知っているのだ。今の王国軍のトップ、陛下の従弟であるブリマス公爵。随分な猪武者《いのししむしゃ》だと聞く。さらに、王族でもあるためか異常なまでにプライドが高い。先遣隊の全滅で他の将軍たちから責められ、かなり焦っているそうだ」

先遣隊全滅の汚名を返上するため、自らが指揮する本軍で竜を倒すことを狙っているわけか。

それをやめてしまえば、ただ竜に先遣隊を撃破された汚名しか残らないわけで、意地でも竜と決戦をしたいわけね。

「プライドが高すぎるのも考えものですね。でも、公爵様なのに配下の将軍たちから突き上げを食らっているんですね」

王様の従弟なのだから、軍部で独裁的な権力を持っているのだとばかり思ってしまっていた。

「いくら王族でも、考えなしに暴走する猪にそこまで配慮などせぬ。ただ、他の王族たちからすれば、他の将軍たちは王族の力を奪おうと暗躍する敵に見え、陛下は両者の溝を埋めるのに苦労しているようだな」

「それどころじゃないような……」

内輪揉《うちわも》めしている場合じゃないと思うのだけど、本当にプライドって厄介なものだと思う。

身分を考えると、プライドがないのも考えものだけど、ちょうどいいってのは難しいのね。

「人が多い組織などそんなものだ。他の自警団でもよくある話だ。内部抗争にかまけて外が見えていないのは」

親分さんが、苦々しい表情で語る。

過去に、同じようなことで酷い目に遭ったのかもしれない。

人が多く集まった組織の業ってやつか……。

でも、それで被害を受けるのは王都で普通に暮らす人たちなのよね。

「だからワシは勝手に動くことにした。とはいえ、それ相応の裏工作はしてあるので、女将には安心して竜を毒殺する料理を作ってほしい。必要な物は、すべてこちらで用意しよう。報酬も出す。女将、引き受けてくれるかな?」

いきなり見知らぬ偉い人たちから命令されたのだとしたら、私は断って逃げていたかもしれないけど、お爺さんからの依頼だからなぁ……。

それに、この手の依頼を受けると被る面倒事も引き受けてくれて、報酬も出るという。

それに、できることなら折角常連さんが沢山来てくれるようになったこの店を守りたい。ここは一丁、話に乗ってみますか。

「私は、料理しか作れませんけど。それでよかったら」

「それで十分どころか、今はそれが必要なのだよ。交渉が成立したとなれば、早速始めようではないか」

「俺様も手伝うぜ」

「俺も手伝う。今さら王国軍の方に戻っても、ただ飯を作るだけになるからな。同じ飯作りでも、こっちの方がやりがいもあって楽しそうだ」

「私はユキコさんに拾われた恩もありますし、ユキコさんが引き受けたということは勝算があるということですから」

「僕は『ニホン』の従業員ですし、このお店は僕の家でもあるので潰させませんとも」

「私も参加します。女将さんには、人見知りと男性恐怖症の克服を手伝ってもらった恩がありますので」

ミルコさん、アンソンさん、ララちゃん、ボンタ君、ファリスさんも、私を手伝ってくれると宣言してくれた。

「俺も口の堅い奴らを応援に出そう。テリー！」

「はいっ！」

「俺はこのエリアの治安維持の仕事があるので行けないが、お前が応援組を率いるんだ。わかったな？」

「わかりやした！　大仕事頑張りますとも！」

親分さんとテリー君も参加を表明し、私たちは急ぎ王都を出て竜のために大量の料理を作ることになったのであった。

「時間がないから、下ごしらえが終わったワイルドボアはすぐに焼き始めて！　大きいから焼けるのに時間がかかるからね。大変だろうけど、ちゃんと火の上で回して均等に火を通してね。焦げないように注意して」

「「「「わかりました！」」」」

「大鍋も定期的にかき混ぜて、鍋の底にこびりつかないようにね。あと、あまり味見しすぎないようにね」

「「「「はいっ！」」」」

私たちは、王都と侵攻を続ける竜との中間地点で、大規模な野外調理を行っていた。

数十頭分のワイルドボアが丸焼きにされ、気が遠くなるほどの量の魔獣の肉を使った串焼きが作られ、軽く数百人分はあろうかという大鍋を、数十個も使用して味噌煮込みが作られる。

材料はお爺さんがあとで代金を支払うからと言われたので、『食料保存庫』に溜め込んでいた味噌、醤油、肉をほぼすべて放出した。

私の『食料保存庫』という、変わり種中の変わり種と言っていい魔法を見たお爺さんたちやファリスさんは驚いていたけど。

ただ、それでも材料が足りないので、ミルコさんもどうせ王都が竜によって破壊されたら駄目になるからと、冷蔵保存していたお肉をすべて放出。

さらに、お店の常連であるお客さんたち経由で、野菜、エール、調理作業中の私たちの食事なども提供された。

お爺さんは、小口では集めきれないエール類や、大量の料理を作るのに必要な巨大調理器具、調理に使う薪や炭なども懸命に集めていた。

これらの食料や物資は、現在王都で編成を進めている本軍がすでに最優先で集めていたため、完全に不足していたのだけど、そこはスターブラッド商会の先代当主。

上手く集めてくれていた。

そして調理が間に合うよう、竜の侵攻阻止にも尽力してくれている。

王都までの間にある町や村に金をばら撒《ま》き、大量の食料や料理を集め、調理させ、竜の侵攻ルートに置かせたのだ。

竜は、人間が作る料理を好む。

例の苦草が入っていなければ躊躇《ちゅうちょ》なく貪り食うそうで、さらにお腹が一杯になると寝てしまうそうだ。

お腹一杯にして眠らせ、王都に侵攻するまでの時間を稼ぐ。

いい策だけど大金がかかるので、お爺さんか王国軍にしかできない作戦だと思う。

王国軍の方は、時間稼ぎで物資や資金を使うのをよしとせず、そんなことは絶対に実行しないと、お爺さんは言っていたけど。

「女将さぁ――――ん！」

と、ここで、早馬に乗ったファリスさんが姿を見せた。

彼女はお爺さんが用意した早馬と優れた乗り手さんに同行し、竜の偵察に赴いていたのだ。

なぜ彼女かというと、竜の大きさをこの目で確認するためであった。

彼女は魔法薬の知識に長《た》けており、竜にどのくらいの苦草を食べさせればいいのか、判断してもらうためだ。

毒の量が少なければ竜は死なないし、かと言って入れすぎてしまうと大量の料理でも誤魔化しきれない。

毒薬の致死量は、毒殺する相手の体の大きさに比例するわけで、実際に竜を見てきてもらったわけだ。

ファリスさんは早馬の乗り手の後ろにしがみつきながら戻って来たが、安心してほしい。

男性恐怖症を徐々に克服しつつある彼女であったが、現時点で男性の背中にしがみつくなど不可能なので、お爺さんが手配した乗り手は女性であった。

女性の乗り手は非常に少ないので、すぐに呼んでこれるお爺さんは本当に凄いと思う。

「フラフラしますぅ――――」

基本的に、馬は走らせるととても揺れる生き物である。

ファリスさんは、馬から下りて暫く眩暈《めまい》と格闘していた。

酔って、その場で吐かなかっただけ大したものかもしれない。

「竜は、ご隠居様が各村と町に提供させた食事を次々と食らい、今は寝ています。正確な大きさを確認してきたので、苦草の量の計算は大丈夫です」

「苦草は足りるかしら？」

「それは大丈夫です」

苦草は雑草の一種で、平民の間でも広く使用されている胃腸薬の材料である。

もし足りなくても、手に入らないということはないか。

「姐さん、それよりもミソとショウユが足りないぜ」

「もうそんなに?!」

なにしろ、数千人分の料理だからなぁ……。

お店で毎日使っていたし、節約してもやっぱり足りなかったか。

「ユキコ、どうする？　魚醤でも使うか？」

「魚醤はねぇ……」

作っている人や、熟成の温度や湿度、材料によって品質に差がありすぎるので、もし使用して竜が気に入らないで食べなかったら、というリスクがあったのだ。

「でも、ミソとショウユはユキコしか作れないんだろう？」

「というわけで、今急ぎ作ります」

今の私は、一日に醤油一リットルと味噌を一キログラムずつ指から出せる変な女だけど、今日の分はもう出してしまったのでもうない。

ならば……。

「ボンタ君、あれ準備して」

「あっ、はい。わかりました」

こんなこともあろうかと！

というか、どうせ作る料理から考えてタレの源である醤油と、主に味噌煮込みに使う味噌が足りないことは事前にわかっていたので、ちゃんと対策は立てていた。

「テリーさん、運ぶの手伝ってください」

「いいぜって！　すげえ量の大豆だな」

ここに到着してからすぐ、事前に水に漬けておいた大量の大豆を煮ておいたのだ。

これを細かくすり潰し、麹《こうじ》を入れてよく混ぜる……のは麹がないので、とっておいた味噌を入れてよく混ぜるに変更し、適量の塩を入れ、大豆を煮た煮汁も入れて柔らかさを調整。

空気を入れて発酵を促すため、野球ボール大の大きさに丸めてから、酒で消毒した樽《たる》に詰め込んでいき、上に塩を敷き詰めてから木の蓋を置いてその上に重しを置く。

「あとは、半年も待てば美味しい味噌の完成ね」

「ユキコ女将、完成が半年後では間に合わないだろうに」

「そこで、ファリスさんから教わった魔法が役に立ちます」

私の魔法は自己流のため、まだ完全とは言えない。

そう思った私は、空いている時間にファリスさんから魔法の基礎を教わっていたのだ。

その中で、やはり私は全系統に適性があることが判明した。

土系統に適性があると魔法薬が作れると聞き、彼女から教わって研究してみた結果……残念ながら魔法薬は作れなかった。

でもその代わりに、味噌と醤油が短時間で作れるようになったのは幸いだったと思う。

「仕込んだ味噌の樽に、魔法薬を作る時に使う魔法をかける。すると、あっという間に味噌の完成よ」

実際に味噌を取り出してみると、指から魔法で出しているのと変わらない味の味噌ができた。

「続けて、醤油も作ります」

醤油は作り方がかなり複雑なので、ここは魔法である程度作業を省略していく。

茹でて冷ました大豆と、粉砕した小麦玄麦を同量ずつ混ぜ、さらにこれに塩と醤油を混ぜる。

やっぱり麹が手に入らなので、醤油に残っている麹菌《こうじきん》を魔法で増殖、醸造の速度を早めるのだ。

これも樽に入れ、上を塩で塞いで密封する。

ここで魔法をかけて熟成を進め、あとは綺麗な布で搾れば醤油のできあがりだ。

かなりいい加減な方法なので、成功するのは魔法のおかげだと思う。

「魔法薬師みたいなことができるんだな。ユキコ女将は」

「でも、今のところ醤油と味噌しか作れないわね」

「特技がピーキーなんだぜ」

「他にも色々と教えたのですけど、今のところはこの二つしか……ちょっと教えてすぐにできる時点で凄いですけど」

普通は教わったからといって、すぐにできるようにはならないそうだ。

実際、ファリスさんも魔法学院に入学する前から何年も魔法薬精製の訓練をしていたと話していたから。

全系統に適性があるけど、料理関連の魔法しか使えない私らしいというか。

「これを使って料理を完成させてね」

「わかりました」

ファリスさんとも相談したのだけど、竜に気がつかれないよう致死量分の苦草を食べさせるには、最低でもざっと二千人分の料理が必要。

いくら苦草の味を発酵調味料が消せるとはいえ、やはり限度がある。

とにかく料理を沢山食べてもらわなければいけないわけだ。

しかも、竜は結構味にうるさい。

最初、王城の料理人たちが作った料理を食べ、そのあまりの不味さに大激怒して、先遣隊が全滅したほどなのだから。

「ユキコさん、完成しました」

ララちゃんに促されて最後の味見をしてみたけど、これなら大丈夫なはず。

「女将さん、ちゃんと致死量分の苦草も入っていますから」

「全然苦くないわね。あとは、お酒の追加だけど……」

「待たせたの！」

料理が完成した直後、お爺さんが数台の荷馬車と共に最後のエールが入った樽を持って現れた。

これで必要な料理と酒が集まり、あとは竜にこれらを飲み食いさせるだけとなったのであった。

「ふう、ギリギリだったな。あと数時間で、王都を出陣した本軍がここを通る予定だからな」

「お爺さん、私たちはギリギリでしたけど、本軍は動きが遅いような気がしますね」

「ふんっ、ブリマス公爵も本心では不安でしょうがないのだ。よほどのバカでなければ、竜に勝てるわけがないことくらい、すぐにわかるのでな」

「なら、やめればいいのに。変な人ですね」

「高貴な方々のプライドというのは、時に非常に厄介なものでな。ここで退いたら、先遣隊全滅の責任を取らされてブリマス公爵は王国軍最高司令官の地位を追われる。公的には引退という扱いになるであろうが、実質他の将軍たちから敗戦の責任を問われ、引責辞任させられるに等しい。もし本軍が竜に勝てれば、彼の地位は暫く安泰であろう。もし失敗して討死しても、彼の名誉は守られる」

「そんなしょうもない彼の考えに巻き込まれる、兵士たちが可哀想ですね」

「だからだよ。王族や貴族には見栄と矜持《きょうじ》があり、それも少しはないと困ったことになってしまうからすべてを否定できない。だからこそ、ワシが密かに暗躍して決戦をなくしてしまえばいいと思った。他の偉い方々は、ブリマス公爵のプライドを傷つけてしまうからという理由でこういうことはできないのでな」


完成した料理は大皿に、酒は巨大な杯に注がれ、あとは竜の到着を待つのみとなった。

私たちは、陰からその様子を見守っている。

他の魔獣が寄ってきて、ようやく完成した料理を食べられてしまうと困るので、私たちが見守るしかないわけだ。

もっとも、竜が接近しつつあるので、他の魔獣がやって来る可能性はほぼないそうだけど。

実際に、竜の進路上で料理や食材を出した村人や町民たちに被害は出ていないそうだ。

「それにしても、ブリマス公爵っすか、偉い人の考えは理解できないっすね。せっかく姐さんが竜を倒す方法を解読してくれたのに採用しないんすから」

「それが偉い人というものなのだ。なんでもホイホイと下々の言うことを聞き入れてしまうと、これもまた問題でな。親分さんもそうではないかな？」

「確かに、ろくすっぽ知らない奴にあれこれ言われて、それを親分が受け入れようとしたらオイラたちも反対するかもしれないっすね」

竜にどう対抗するか。

軍内のライバルたちの目を気にしつつ、身内は軍人ばかりなので勇ましい攻撃論ばかり出てしまう。

私の言うような、料理で毒殺なんて方法を受け入れるわけがないのだ。

「先遣隊が壊滅したんだから、本軍で戦っても勝てるわけがないっすよね。兵士たちにも犠牲が沢山出るんだからやめればいいのに」

テリー君はそう言うけれど、そこで退けないから王族……人を統べる立場にある人なのかもしれないわね。

「ブリマス公爵はすでに一回失敗しておる。しかも彼は軍人だ。平民が申し出た毒殺などという姑息な手段よりも、勇ましく軍勢を指揮して竜を倒したいと願っているのであろう。今さら退くに退けないという事情もあると思うがの。ゆえに、こっそりとワシらが竜の毒殺を終えてしまうのが一番いいというわけじゃ」

「ブリマス公爵にありがたがられますね」

「ボンタ君、そんなわけがなかろう」

「彼の立場から言えば、手柄を横取りした私たちを恨まないと、派閥が立ちゆかなくなるかもしれませんね」

内心ブリマス公爵本人は竜との決戦を回避できて安心したとしても、彼の下についている人たちが私たちを大いに逆恨みするはずよ。

彼らは王国軍本軍による竜討伐が必ず成功すると言い張っているのだから、私たちを手柄泥棒としか思えないはず。

その辺の対策も、お爺さんは打っていると思うのだけど……。

「まずは竜を殺してからというわけだ。ここに接近してくれれば周辺の魔獣たちは逃げ出すであろうが、もう少し料理の番を頼むぞ」

「わかりました」

そして二時間後。

ついに竜が、私たちが用意した料理と酒に接近してきた。

巨体ゆえに、歩く度に『ドスン！』『ドスン！』と地震のような足音を響かせながら、こちらに近寄ってくる。

「予定よりも少し早いですね」

「料理に釣られたかな？　さすがは、女将の料理」

「そうなんですか？」

私たちは、息を殺して様子を見守る。

最悪、竜に見つかって食い殺されるかもしれないと思うと、心臓がバクバクしてきた。

などと思っていたら、ついに竜が姿を見せた。

「（デカッ！）」

みんな大声を出したいであろう気持ちを抑え、木の陰から巨大な竜を見上げていた。

それにしても大きいわね。日本の動物園で見た象なんて目じゃないわ。

色は緑色で、その大きさは軽く高さ三十メートルはあると思う。

「（多分、三千年は生きているはずです。こうやって世界中を歩き回っているのです）」

さすがというか、魔法学院で資料を調べたのであろう。

ファリスさんが、知りうる限りの竜の情報を教えてくれた。

確かにこれは、料理で進路を変えてもらいたくなるほどの大きさだ。

小さな村なんて、あっという間に潰されてしまうでしょうね。

「(ユキコさんの料理を食べてくれますかね?)」

「(見て、ララちゃん)」

大量の料理と酒が置かれた森の中の開けた場所に到着した竜は、慎重な態度を崩さないまま料理と酒の匂いを嗅ぎ始めた。

竜には苦草以外の毒が一切通用しないそうで、唯一それのみを警戒しているようだ。

「(他の毒はいくら食べても効果がないんです。苦草は唯一の弱点ですね)」

「(なるほど。苦草は、軍人将棋でいうと『大将』を倒せる『スパイ』みたいなものね)」

「(それって、東方のゲームですか? なんか面白そうですね)」

いわゆる軍人将棋のルールなのだけど、実は亡くなったお祖父ちゃんが好きだったのよね。

三人でないとできないゲームなので、遊ぶ時に、もう一人審判役を探すので苦労していたけど。

今度、自作してみようかな。

ファリスさんと休憩時間に遊べるかもしれないから。

「(ユキコ! 食べたぞ!)」

古い書物に記載された料理とまったく同じではなく、基本は押さえてあるけど、それよりさらに美味しくなるように改良した、私流のアレンジメニューだ。

素材も新鮮、調理方法も昔より進歩していて、規定量の苦草を竜に気がつかれず食べてもらえるよう、努力した甲斐があったというもの。

一度警戒感が薄れてしまえば、あとはその巨体に相応しく大量の料理を貪り食うだけ。

実際に、竜が一度料理を食べ始めると、その勢いはまったく衰えなかった。

一頭分のワイルドボアの丸焼きをひと口で食べきり、小さな池ほどの大きさの杯に注がれたエールをガブ飲みし、巨大な鍋に入った味噌煮込みも数十秒で空にされてしまった。

もの凄い食欲だと感心してしまうのと同時に、童話や昔話のようだなとも思ってしまった。

竜が、すべての料理を食べきるのにかかった時間は十分ほど。

まさに恐ろしいまでの食欲であった。

「(あっ、女将さん!)」

「(寝た?)」

「(お腹が一杯になったのだろう)」

お爺さんの言うとおりだったようで、竜はその場で横になると、スヤスヤと意外にも静かな寝息を立て始めた。

私は、竜ってもの凄いイビキをかくのだと思っていたのだ。

「普段はもの凄いイビキをかくそうです。静かな寝息は、苦草が効き始めた証拠です」

「寝たまま、あの世行きかぁ……」

「毒で苦しんで暴れた場合、あの巨体ですからね。都合がいいと思いますよ」

確かに、あの巨体に大暴れされ、下敷きにでもされたらペシャンコだから、これでいいのかも。

暫く竜の寝息を聞き続けた私たちであったが、数分でその回数が徐々に減っていき、最後には一分で数回というレベルまで落ち込んでしまう。

そしてついに竜から寝息が聞こえなくなり、それが、竜が生命活動を終えたことの証拠となったのであった。

「倒したわよ！」

「「「「「「「「やったぁ――――！」」」」」」」」

竜の生命活動が完全に停止したことを確認してから、私が作戦に参加したみんなに成功を伝えると、全員から一斉に歓声があがった。

「俺様たちで竜を倒せるとはな」

「料理は偉大だ！」

「さすがは女将さん」

「ユキコさん、やりましたよ」

「まさか本当に、書物どおり竜を倒してしまうなんて。女将さんは凄いですよ。魔法学院にこんなことができる人はいませんから！」

「みんなが手伝ってくれたおかげよ」

「期待したとおりであったな。これで無用な犠牲を出さずに済む」

「兄貴も喜ぶだろうな」

お爺さんに頼まれてなし崩し的に始めた作戦だったけど、私たちは無事、竜を料理で毒殺することに成功したのであった。

エピローグ　大衆酒場『ニホン』

「はあ？　竜が進路を大幅に変えただと？」

「はい。実際に竜は忽然《こつぜん》と姿を消しておりまして……。自警団有志による偵察では、無人地帯及び『死の森』に逃げたのではないかと」

「本当に竜はいないのか？」

「はい。どこにもその姿が確認できません」

「そうか……（女将たちは上手くやったようだな。テリーも役に立ったと思いたい）」

自警団の親分も詰める司令部に、伝令をしている若い衆が飛び込んできた。

本軍を率いて決戦を行おうと思っていたブリマス公爵は、突然竜が姿を消したという報告を聞き、安堵と怒りが混じったような複雑な顔をしていた。

陛下の従弟であるブリマス公爵としては、いかに竜が相手だとしても、戦わず逃げるのは王族としてのプライドが許さないが、竜と戦わずに済んでよかったという気持ちがあるのも事実なのであろう。

どうやら、ご隠居が上手くやったようだな。

それにしても助かった。

ブリマス公爵め。

竜との決戦に挑む戦力に自信が持てなくなり……配下に唆されたのであろうが、俺たち自警団まで本軍に編入しよう、と言い始めていたからだ。

そんなことをしたら自警団不在の王都の治安はどうなるのだと、他の自警団の親分たちと一緒に陳情して一旦下がっていたのだが、彼はすぐに竜が消滅した報告を聞くことになった。

手品でもあるまいし、まさか竜がいきなり消えるわけもなく、ご隠居が女将に依頼した作戦が成功したのであろう。

テリーを助っ人《すけと》に出しておいて大正解だった。

「(しかし、竜は毒殺するという話だったのだが、その死体はどこに消えた？　なにかご隠居がやったのだろうか……？　それはあとで店で聞けばいいか)」

それに、竜が消えたのはこちらとしても都合がいい。

下手に女将たちが竜を倒した証拠が残ると、ブリマス公爵がいらぬ逆恨みをするかもしれないからだ。

死体が残るのもよくない。

そうなれば、女将たちはこの国にいられなくなるだろう。

金になる竜の死体があったらあったで、それを巡って醜い争いを始めるのが王族や貴族という生き物だからだ。

死体は残っていないが、竜はいなくなったのだから問題ない。

とした方が……ご隠居が考えた策なのであろう。

俺は自警団の長なので、この国を離れられない。

お気に入りの店がなくなるのは勘弁してほしいからだ。

それに、あの女将は面白いからな。

王城にいるただ綺麗に着飾った人形たちよりも、強く、綺麗で、内側から輝いている。

俺は、あの店で美味しい串焼きを食べながら女将と話をしているだけで楽しいのだ。

だから、竜の死体を巡って争いにならなくてよかった。

「ブリマス公爵閣下、竜を倒せなかったのは惜しかったですな」

「左様、竜の肉は美味で、素材は高品質な魔法薬や武具、魔法道具の素材になると聞きますからな」

「今回の戦費の補塡ができたはず」

ブリマス公爵の腰ぎんちゃくどもめ。

先遣隊壊滅の損失を、竜の死体で補う算段もあったのだな。

だが、もし竜に勝てても、本軍の犠牲を考えたら決してプラスにはならないだろうに。

「無念だが、いないものは仕方がない。あのまま王都に侵攻してくれれば、この私の剣の錆《さび》にしてやってくれたところを！」

まあ、猪武者扱いされて当然だよな。

これをお芝居で言って兵士たちの戦意高揚を促す知恵があればいいのだが、本気でそう言っているからこの人は困るのだ。

バカだから、変な連中が腰ぎんちゃくとして集まってくるというのもある。

これで王国軍のトップなのだから、笑うしかない。

王の従弟なのに、将軍たちがその地位から引きずり下ろそうとしている時点で、彼の能力はお察しなわけだが。

「ブリマス公爵閣下、竜はいなくなった以上、一刻も早く動員を解きませんと。その……予算が……」

軍勢は、動員しているだけで金が飛んでいくものだ。

一秒でも早く大規模な動員を解きたいのであろう。

腰ぎんちゃくながら、財務に詳しい貴族が自分の考えを述べた。

はたしてそれを、ブリマス公爵が理解しているかどうかだが……。

「そうだな、もう竜はいないのだからな」

「はい。まずは警備隊を王都の治安維持活動に戻し、自警団の動員も解除すべきかと」

うちに支払う報酬も、安くはないからな。

俺たちは王国によって正規に雇われているわけではないので、戦死、戦傷時の補償などはないが、動員時の日当は高めだ。

戦争とは、とにかく金がかかるものというわけだ。

「そして陛下へ、とりあえず安全になったことを報告しませんと」

「そうだな。陛下に報告に参らねば」

とにかく、竜が出現したのに先遣隊のみの犠牲程度で済んだのは奇跡的なことだ。

暫くは後始末で忙しいだろうが、それが終わったら竜のことを聞いてみたくなった。

あの女将なら、俺が予想もできないなにかで竜を消したとしても不思議じゃない。

そしてなにより、早く仕事が終わったら女将のミソニコミと、串焼きが食べたい気持ちで一杯だ。

一秒でも早く、気風のいい女将の声を聞き、顔を見て話をしたいものだ。


「では、竜討伐……じゃなかった！　逃亡を祝して乾杯！」

「「「「「「「「「乾杯！」」」」」」」」」

無事に竜の毒殺に成功してから三日後、本日の大衆酒場『ニホン』は完全貸し切りとなっていた。

あの作戦に参加した人たちのみが参加する、秘密の祝勝会が開かれていたからだ。

大量のエールと料理が提供されたのだが、これらの材料のうち肉は、なんとすべてあの竜のお肉であった。

あのあと竜を倒すと、ブリマス公爵が指揮する本軍が到着する前に『食料保存庫』に仕舞い込み、その日の夜にララちゃん、ボンタ君、ミルコさん、アンソンさんの協力を得て竜を解体。

魔法薬の材料となる眼球、骨、牙、ウロコ、外皮などはスターブラッド商会へ。

なぜなら、商会の倉庫なら安心して保管できるからだ。

お爺さんが、責任を持って預かってくれると言ったのもある。

作戦に参加した人たちへの報酬だけど、これもお爺さんが立て替えてくれた。

あとで、料理に使ったものの経費と合わせて王国に請求するらしいけど、どこの世界でもお上は支払いが遅いという法則があり、先にお爺さんが立て替えてくれたというわけだ。

お肉、内臓、血などは食材なので、ちゃんと下処理したものを私が引き続き預かることになった。

あと、竜の糞《ふん》も大量にあって、これはいい肥料兼土壌改良剤だそうで、これもスターブラッド商会が引き取っていたわね。

私は、料理に使えないからいらないけど。

無事証拠隠滅も済んだというわけで、今日は竜の肉を使った料理をアンソンさんにも手伝ってもらって大量に出しているわけだ。

乾杯を終えると、みんな思い思いに料理を食べ、お酒を飲んでいる。

みんな楽しそうだ。

お高く止まっていけ好かない王族や貴族たちを出し抜いたので、清々したというのもあるのだと思う。

親分さんが選んだ口の堅い自警団員たちに、お爺さんが選んだスターブラッド商会の従業員たちなので、実は竜は倒されていたという秘密はそう簡単に漏れないはず。

素材をスターブラッド商会が預かるのも、すでにスターブラッド商会は竜の素材を在庫として持っていたからだ。

この世界では、年に数回は竜が討伐されるらしい。

今回のような大型の竜は珍しく、大半が中型以下らしいけど、素材にしてしまえばわかりにくいと、お爺さんは言ってた。

一旦魔法道具に使われた竜の骨や牙もリサイクル可能だそうで、スターブラッド商会の倉庫に大型竜の骨や外皮があっても、別におかしくないというわけだ。

まさに、木を隠すなら森の中というわけね。

「親分さんはまだお忙しいのでは？」

「俺も最初はそう思ったんだが、今はそうでもないかな。竜がいなくなった途端、財務系の貴族たちが『早く戦時動員を解け！』と大騒ぎなのさ。一日動員日数が長いと、経費がまったく違うのでな」

「戦争って、お金がかかるんですね」

「そういうことだな。おっ、これは美味しいな」

「竜の皮の串焼きですよ」

素材として使う外皮ではなく、その下の肉との間の部分だが皮と言っている。

この部分が、鳥皮なんて目じゃないほどに美味しいのだ。

外側をパリっと焼いて、塩をつけて食べると最高なのよね。

親分さんも気に入ってくれたようだし。

「ささっ、竜のタン、ハツ、レバーも沢山ありますよ」

「贅沢だな。アンソンも奮闘したようだな。あの料理とか」

「竜タンシチューだそうです。美味しいですよ」

日本でも普通に牛のタンシチューがあったけど、それの竜の舌バージョンってわけね。

アンソンさんが丹念に竜タンを煮込んだシチューは絶品で、うちのメニューに……は難しいわね。

最近アンソンさんのお店では、ワイルドボア、ウォーターカウのタンシチューが人気だから、そう簡単には真似できないわ。

「実は、俺も前に食べに行ってな。確かに、あのタンシチューは絶品だな」

さすがというか、親分さんは情報を摑《つか》むのは早いわね。

「親分さんは、一人でアンソンさんのお店に行かれたのですか？」

「まさかな。ただ、同行者はテリーなので寂しい限りだが……」

「あら、親分さんは女性にモテそうなのに」

「どうかな？　こんな仕事なので俺は独り者だからな」

やったぁ――！

有力な情報をゲットよ！

親分さんには、奥さんやお子さんはいなかった。

これが聞けただけでも、今日は勝ったも同然ね。

「そういえば。親分さんは大好きな甘い物を食べる時は、やっぱりテリーさんを連れてですか？」

「ははっ、さすがにテリーからも『兄貴と二人だけで、女性客しかいないお店は勘弁してください！』って言われてしまってな。残念ながら、そういうお店には行ったことがないんだ」

「そうなんですか。じゃあ、女性の同行者がいた方がいいですよね？」

頑張れ、私。

ここで自分をアピールして、親分さんと一緒にそういうお店に行く……つまり、デート！

私、日本で男性とデートなんてしたことない……お祖父ちゃんと甘味処に行くのはデートじゃないからなぁ……。

孫娘が、お祖父ちゃんと甘い物を食べに行っただけで。

「女将の誘いなら、飛んでくるさ」

「本当ですか？」

やったぁ――――！

これで親分さんとデートができると思ったら……。

「ユキコ女将、そういうお店なら、俺様大得意だから。毎日連れて行ってやるぜ」

「ミルコは相変わらずデリカシーの欠片もないな。俺に任せれば、ユキコ好みのデザートを毎日作ってあげられるぜ」

おいっ！

この一番大切なところで邪魔するなんて、ミルコさんもアンソンさんもぉ――――！

「おや、女将はモテモテだな。需要があれば、ワシもたまにはそういうお店に案内するぞ。ちなみに、どこぞの二人のように野心はないからな」

お爺さん、その二人の中に自分の孫も混じっているんですけど。

それと、親分さんは私に野心がないと思っている？

いやいやいや、それはないでしょう！

ないよね？

「みなさん、ユキコさんを誘惑しないように。甘い物は女性たちの特権！　私がいつもつき合っていますから！」

そういえばそうだった。

この世界に飛ばされてからというもの。

私が一番デートしたのって、実はララちゃんだった。

性別不問で、二人きりで出かけるのをデートだと規定すればだけどね。

「オイラは緊張してしまうと思うので、姐さんと二人で出かけるのは勘弁してほしいっすね」

「ここでそれを言うか！　まるで私が怖い人みたいじゃないの！」

まったく、テリー君のせいで親分さんとのデートの約束が曖昧になってしまったじゃない。

でも、チャンスはあるのよ。

きっと。

一人でこの世界に飛ばされて来た私だけど、ララちゃん、ボンタ君、ファリスさん、お爺さん、ミルコさん、アンソンさん、そして親分さんと。

色々な人たちの助けでお店を経営して、どうにか暮らせている。

今は毎日の生活が楽しく、親分さんとの関係もいずれね。

私はそんなことを思いながら、みんなとの祝勝会を楽しんだのであった。

「ララちゃん、タン塩串十本あがったわよ」

「はい、タン塩串十本。お待ちどおさまです」

「ファリスさん、エール五杯ね。常連さんだから大丈夫よね？」

「はい、大丈夫です」

「ボンタ君、熟成肉のステーキの注文が入りました」

「任せてください」


まるで竜の騒動などなかったかのように、王都では多くの人たちが毎日の生活に追われていた。

そんな人たちが仕事を終えたあと、わざわざ目立たない裏通りの、さらに奥の店へと足を運ぶ。

そのお店は『大衆酒場』を名乗っており、新鮮な魔獣の肉や内臓の串焼きや煮込み、酒に合うツマミなどが美味しいと、非常に評判のお店であった。


ダブル看板娘の二人がお客さんを出迎え、若く体の大きな男性店員がテキパキと調理を行い、そんな三人を纏めるのは、艶《あで》やかな黒い髪と瞳が特徴の、小柄ながらもその迫力から『女将』と呼ばれている、まだ十六歳のオーナー兼店主であった。

「お客さんは初めて？　うちはルールさえ守ってくれたら大歓迎ですよ」

そのお店は大衆酒場『ニホン』。

別の世界から飛ばされてきた逞しい女子高生オーナーが取り仕切る、ちょっと不思議で活気のあるお店であった。

オマケ　柏野由紀子は、謎の異世界に迷い込む

「あれ？　どうして歩き続けても山の麓に下りられず、これまで見たこともない森の中に私はいるのかしら？」


亡くなったお祖父ちゃんの四十九日《しじゅうくにち》が終わり、久々に私は実家が所有する山々で採集、釣りなどを楽しみつつ、お祖父ちゃんが仕掛けた罠の回収に向かっていた。

私はまだ十五歳なので狩猟免許は取れないのだけど、お祖父ちゃんが大切に使っていた罠を回収しなければいけなかったからだ。

十八歳になれば罠猟の免許を取れるからそれまで辛抱するとして、お祖父ちゃんの罠は私が相続したから、ちゃんと回収して手入れをしておかないと。

お祖父ちゃんの大切な形見なのだから当然よ。

私が暮らすこの地方も過疎化が深刻で、田畑を荒らす猪などの害獣を退治する人手が足りず、生前お祖父ちゃんは猟師の仕事をしていた。

生前のお祖父ちゃんは、『この地方最後のマタギ』と噂されるほどの名人だったけど、その子供たちは誰も跡を継がなかった。

唯一、孫の中で一番年下だった私のみが興味を持ち、子供の頃から色々と教わっていたのだ。

中学、高校と部活に参加せず、時間があればお祖父ちゃんの猟に同行して、山の歩き方から、地図の見方、罠の設置のし方を教わり、獲物の解体や処理の方法を学んで十八歳になる日に備えていた。

他にも、山で山菜、キノコ、木の実などを採ったり、渓流でイワナやヤマメを釣り上げたりと。

その没頭ぶりから、私は通っている高校で『野生のJK《女子高生》』というあだ名を友人たちからつけられていたほどだ。

『ユキコは、どこでも逞しく暮らしていけそう』

『生命力と適応力が高そうだよね』

よく高校の友人たちからそう言われていたけど、まさか本当によくわからない別の世界に迷い込んでしまうとは……。

私にはわかる。

ここは実家の山ではなく、どこか別の場所であると。

「困ったけど……まずは……」

こういう時、どんな天敵が突然現れるやもしれない。

急ぎ私は、どこかに隠れる場所を……やはり見たことがない大きな木の根元に私一人くらいなら入れる穴を見つけた。

さすがに寝ころばないと中に入れないけど、幸先《さいさき》はいいわね。

私は先住者の確認をしてから、持っていたレジャーシートを穴の床に敷いて隠れ場所を確保した。

穴の入口は、その辺から大きめの岩を持ってきて塞ぐ。

「あれ？　この岩、大分軽かったような……」

あとから入ってきた動物に穴を奪われないよう、大きめの岩を穴の前に置いたのだけど、私の力が上がったのかしら？

かなり楽に運べてしまった。

「実は軽石だったなんてオチはないわよね？」

当然そんなこともなく、私は大木の根元にある穴の確保に成功した。

まずはここを住処《すみか》とし、当面の目標は生き残ることね。

まずここがどこなのか……外国……のわけないか。

日本の田舎の山と、外国が繋がっているわけがないのだから。

「となると、ここは……デカッ！」

穴に入り、入口に置いた岩の隙間から外の様子を探ると、遠方に猪によく似た動物がいた。

鼻で地面を掘り返しているので、イモとか探しているのかしら？

それにしても大きいわね。

残念ながら、今の私では仕留められない。

「捕えられれば、暫く食料に困らなかったのに……。未成年であることを呪いたくなってしまうわ」

猟銃の免許があればなぁ……。

年齢的に不可能だけど。

あっ、でも。

猟銃を持っていないから、結局同じことね。

「去ったわね……」

地中に埋まっていたイモが少なかったのか、巨大な猪はすぐに私の視界から消えてしまった。

「巨大猪は難しいから、まずはとにかく食べられるものの確保ね」

穴に敷いたレジャーシートで横になり、山に入るので持参していた非常食であるクラッカーを食べながら、これからの生活を考える。

家には暫く戻れないだろう。

なにしろ、ここがどこなのかもわからないのだから。

となると……。

「食料は……特に日持ちするものはなるべく消費を控え、近辺で採取できるものを食べていくしかないわ」

お祖父ちゃんが仕掛けた罠の回収のため山奥に入る予定だったので、お菓子やカンパン、カップラーメン、飴《あめ》、チョコレート、水などは非常食として確保しているけど、日持ちするからなるべくとっておかないと。

「狩猟は無理でも採取なら！」

私は穴から出て、なにか食料を確保することにした。

ここがどこかなんて、あとで考えればいいのだ。

「野草は……山で採れるものに似ているものもある……」

似ているけど、食べられるかどうか怪しいものだ。

自分が住んでいる日本だって、セリと毒ゼリを間違えて食中毒になる人が後を絶たないくらいなのだから、他所の国のよくわからない野草にはいきなり手を出さない方が安全ね。

「となると、まずはさっきの猪が食べていたイモね」

野生のイモ……自然薯《じねんじょ》なのかしら？

猪がイモを掘っていた場所を、リュックに入れておいたスコップで掘っていく。

山で自然薯を採取するために通販で折り畳み式のスコップを購入したのだけど、ミリタリー耐久性サバイバルキットを謳《うた》っているだけあって、とても頑丈で使い勝手がよかった。

サクサクと掘り進め、かなり深い場所から小さいイモが次々と出てきた。

「……タロイモ……サトイモにも似ているわね」

これを茹でて食べれば、当面の食料はなんとかなるはず。

掘り出したイモをコンビニのビニール袋に入れて穴に戻ろうとした瞬間、私は大きな殺気を感じた。

視線を上げると、そこには先ほどイモを掘っていた大きな猪が私を睨みつけていたのだ。

「戻ってきたの！　どうして？」

その理由を考える間もなく、猪は私に突進してきた。

まさに猪突猛進《ちょとつもうしん》。

同時に私は、命の危険を感じていた。

亡くなったお祖父ちゃんがよく言っていた。

『猪は猛獣だ』と。

猪は早く走れるし、噛《か》まれれば大怪我をするし、猪に殺されてしまう人は毎年のように出ている。

しかもこの猪、巨体のくせに、普通の猪よりもかなり素早かった。

どう対応するかではなく、私は半ば反射的に体が動いていた。

ギリギリで猪の突進を回避することに成功したが、体勢の立て直しには失敗して顔から地面に突っ込んだ私は顔が土だらけとなり、口に入った土を『ペッ！　ペッ！』と吐き出す羽目になってしまう。

そして突進した猪はといえば……。

「えっ？」

標的であった私に突進を避けられた猪は、私がねぐらにしようとしていた穴の上の大木に激突し、脳震盪《のうしんとう》を起こしたようで倒れていた。

「まさか、こんな結末になるとは……」

この猪が突進してきた瞬間、私は死を覚悟したのだけど、まだ私の命運は尽きていなかったようね。

天国のお祖父ちゃんは、私にもっと生きろと言っている……そう思うことにして。

「トドメを刺さないとね」

この猪があれば、食料事情が大幅に改善するはずだ。

保存性……干し肉とか燻製《くんせい》肉にすればいけるはず。

でもその前に、この気絶している猪の命を奪わなければならない。

自分が生きるため、他の生き物を犠牲にする。

人間の業というやつだと思う。

なお、女子高生の身で猪にトドメを刺して解体できるのかと問われれば……。

「先週に引き続き、このところ農家さんの依頼で箱罠で捕獲された猪は毎週のように解体していたけど、これはちょっと大きいわね。他になにか獣が襲ってくるかもしれないから、素早く解体しないとね」

お祖父ちゃんから習った技術を生かし、近所の農家が箱罠で採取した猪の解体をしていたから大丈夫。

その前に穴に戻って、リュックからお祖父ちゃんの遺品である狩猟用のナイフを取り出し、これを落ちていた木の枝に取り付けて即席の槍を作った。

あとはこれで、猪の心臓を一突きすればいい。

「これも生き延びるため。申し訳ないけど」

猪の心臓の位置は、これまでに何頭もトドメを刺しているので知っている。

ちょっと大きくて変わった色と模様の猪だけど、心臓の位置が逆だったということもなく、無事にトドメを刺すことに成功した。

「あれ？　なんかまた体が軽くなったような……まあいいか。今は先にやらなければいけないことがあるから」

トドメを刺した猪を、急ぎ解体しなければ。

私はリュックから解体用のナイフを取り出し、猪の解体ができそうな水辺を探すのであった。


「もっといい場所見っけ」

運よく大木の穴の近くに小さな沢があったので、そこで猪を解体した。

ナイフを用いて毛皮を剝ぎ、肉と内臓を切り分けていく。

「しかし、肉の量が多いわね……。勿体ないけど、全部は運べないわ」

なにしろ、推定重量二百キロ超えの猪なのだ。

またいつ獰猛《どうもう》な獣が襲ってくるかもしれない状況なので、解体だけでもリスクがあるのに、干し肉や燻製肉を大量に作るのは難しいという事実に気がついてしまった。

捨てる……また他の、特に肉食の獣を引き寄せてしまうかもしれないから、捨て方にも注意が必要ね。

「せっかく上手に解体したのに……。あ――あ、どこかに収納できる冷蔵庫があればいいのに……えっ？」

などと思った瞬間、解体した猪の肉、骨、内臓が虚空に消え去ってしまった。

「えっ？　どういうこと？」

どういうわけか、あとで鞣《なめ》せたらいいなと思っていた毛皮は残されている。

どういうことなのかしら？

と思ったら、脳裏に消え去ってしまった猪の肉、骨、内臓の様子が浮かんできた。

「肉を返してよ！」

と思わず声にしたら、なんと目の前に先ほど消えた猪の肉が再び姿を現した。

「これはつまり、念じればどこかに食べ物を収納してくれるのね。毛皮が消えないのは、食べ物じゃないからかな」

食べ物が収納できるのであれば、暫くは生きていけるはず。

どこかに収納された食べ物がどのくらい腐らないで保つのかはわからないけど、穴の近くに残飯を捨てるのは危険だから、この……『食料保存庫』というみたいね。

今、脳裏に浮かんできたわ。

ここには、食料及び調理で使う器具しか保存できないみたいね。

保存した食べ物は、永遠に腐らないというのも凄いわ。

「その前に、どうして急にそんなゲームみたいな能力が……。やはりここは日本ではないし、地球でもないのね。さっき突然力が上がったのも……」

日本に戻れるかどうかまだわからないけど、今は生き延びて誰かと出会って情報を集める。

それを目標に動くしかない。

「お腹が空いたから、今日はもう寝床に戻りましょうか」

毛皮は……食べ物じゃないから収納できないし、衣服に加工するには手間がかかる。

でも、この土地は少し暑いくらいなので毛皮は必要ないわね。

勿体ないけど、毛皮は地面を掘って埋めてから、寝床に戻るとしましょう。


「味がないのは辛いわね……」

山に入るために非常食と水は用意していたけど、さすがに調理器具は用意していなかった。

猪の肉塊を大きな葉っぱに包み、さらにそれを泥で包んで焚火をしてその中で加熱している。

富貴鶏《ふうきどり》と同じ調理方法ってわけね。

火つけ用のライターはあるけど、これも大切に使わないと。

ガスが切れたら、今度はマグネシウム製のメタルマッチ、ファイヤースターターを使えば大分保つはずだ。

「もうそろそろいいかしら？」

火を焚いたからか、たまたまなのか？

新しい獣は来なかった。

今調理している大きな猪の縄張りだったからかもしれないけど。

「もういいかしら？」

熱で固まった土塊をスコップで焚火から取り出し、割って中身を取り出す。

葉っぱに包まれた蒸し焼きにされた肉塊を取り出し、ナイフで削って食べてみると、そんなに獣臭はしなかった。

熱い肉汁と溶けた甘い脂が口の中に広がってとても美味しい。

まさに狩猟飯ってやつね。

「でも、調味料がないと辛いわね」

同じ方法でさっき採取したイモも焼いてみたけど、こちらは加熱すると甘みが出て調味料は必要ないかも。

イモは地面を掘れば出てくるからそのままでいいとして、問題はお肉に塩気がないとこれから厳しいってことね。

「う――――ん　これに醤油なり味噌をつけて食べられれば……おわっ！」

などと呟《つぶや》いたら、突然指先からなにかが飛び出した。

突然だったので受け止められず、地面に落ちて土に染みてしまった液体の匂いを嗅ぐと……。

「醤油だ！」

私の指先から醤油か？

そしてその近くに土に染みず、まるで○ンコのように見えるそれは……よく見ると味噌だった。

「醤油は土に染みてしまったけど、味噌は土がついた部分を取ればいけるはず！」

普段なら絶対にそんなことはしないけど、今は非常時だし誰も見ていない。

私は小さな塊状の味噌を拾い、土のついた部分を泣く泣く取り除いてから、それを焼けた肉塊に塗ってから食べてみた。

「美味しぃぃ！　これ！」

肉のわずかな臭みも味噌のおかげで消え、さらにほどよい旨味《うまみ》と塩気がプラスされてとても美味しくなった。

ああ……やっぱり日本人は味噌よね。

醤油もあるけど……。

なんて思っていたら、今度は脳裏に『醤油、味噌召喚』という言葉が浮かんできた。

「一日に、決められた量の味噌と醤油を指先から出せるかぁ……」

今は一日に醤油十ミリリットル、味噌は一日十グラムだそうだ。

その辺はキッチリしたスキルなのね。

なお、その日指から出し忘れると、翌日纏めて指から出せるということはないそうだ。

毎日忘れないようにしないと。

この状況ではとてもありがたいけど、私は味噌、醤油女になってしまったのか……。

「しかし、量が少ないわね」

今度からは、ちゃんと容器に受け止めて地面に落とさないようにしないと。

特に液体の醤油！

今日は全部土に吸わせてしまった……。

「猪肉！　味噌をつけて食べると美味しいわね」

これも量が……時間が経つと、一日に指から出せる醤油と味噌は増えるのかしら?

「明日からの希望が少し湧いてきた感じね」

結構な量の猪肉とイモを食べたら、もう眠くなってしまった。

私は焚火を始末し、大木の下の穴に身を潜め、入口を大きな岩で塞ぐ。

「さっきよりも岩が軽くなった気がする」

そういえばさっき、猪にトドメを刺した瞬間、体が少し軽くなったような感覚を覚えた。

もしかすると、私の身体能力が上がったのかもしれない。

「猪を倒してレベルが上がったってこと? まさかとは思うけど……まあ、明日試してみればいいわね」

あんな巨大な猪がいて、さらにアレがこの近辺で一番強い獣という保証もない。

もっと探索エリアを広げるにも、新しい食材を得るにも、誰か他の人間に遭遇するためにも、もっと強くならなければ。

あの体が軽くなった感覚。

レベルアップだと信じて、明日からは積極的に獲物を狩っていこうと思う。

「そのためにも……もう寝ましょう」

ちゃんと睡眠時間を確保しなければ……。

私はレジャーシートの上に横になり、そのまま目を閉じるのであった。

「毎食同じメニューってのも飽きるけど……少し探索範囲を広げようかしら」

謎の世界に迷い込んで一ヵ月が経過した。

私は大木の下の穴をねぐらとし、毎日そこから周辺を探索、様々な食材を集め、獣を倒し、簡単な地図を作りながら探索範囲を広げた。

そして、今私がいる森がとても危険な場所なのだと、改めて認識させられることとなった。

三日前に、四人の人間の遺体を発見したのだ。

獣に食い散らかされていたので骨しか残っていなかったけど、使えそうな道具……調理器具があって、お鍋やお皿、スプーン、フォークなどはとても助かった。

死んでいる人たちの持ち物なのだけど、今はそんなことを言っている場合でもないし、頑丈な道具袋に入って獣も荒らしていなかったからセーフということにしよう。

使えそうな防具……私がこの世界に迷い込んだ時の服装は山に入る時の格好で、高校のジャージとオレンジ色の狩猟用ベストと帽子。

そしてスパイクつきの長靴を履いていた。

防水性はともかく、防御力はあまりあてにならない。

ベストと帽子がオレンジ色なのは、猟師たちに誤射されないようにと、二十歳になったら猟銃の免許を取るつもりだったので先に服を購入していたからだ。

今はその色のせいで大分目立っているけど、引き寄せられた獣の多くはすべてスコップで倒していた。

なにかの本で見たけど、本当にスコップは武器としてとても役に立つと思う。

何回か体が軽くなった感覚があるのでレベルが上がったから……それにしても、スコップはとても便利ね。

ナイフは、完全に獲物の解体用になってしまった。

刃渡り三十センチのナイフでは、大きな獣に立ち向かうのが難しいという理由もあるのだけど。

木の枝にナイフを括《くく》り付《つ》けて槍にする手も考えたのだけど、素人の手作りだと獲物を突いたらナイフの部分が取れてしまうかもしれない。

それに、死体から回収した武器や防具もあって……念のため伝染病の危険があったので、鍋で煮沸消毒し、壊れたり、錆びたりしていたので防具は使える部分だけプロテクターのように使用しているけど。

剣はリーダーっぽい人のものが業物らしく、これは頂戴して腰に差していた。

私は剣なんて使えないんだけど……そのうち試してみようと思う。

大きな獣をかなり倒したので、スコップもいつ壊れるかわからないからだ。

ゲームとは違って、武器や道具は使えば摩耗するから仕方がない。

予備のナイフはありがたかった。

仏様たちはお金も持っていたけど、見たこともない金貨、銀貨、銅貨だったので、やはり私が別世界に飛ばされたことを証明してしまう結果となった。

あと、剣を研ぐためであろう。砥石《といし》も手に入れたので、これは鍋や食器などと同じくとてもありがたかった。

そんなわけで、大分道具などは充実してきたのだけど、残念ながら今の私は変な格好をしている。とても花の女子高生には見えず、同級生たちに見られたら『残念な友人』扱いされてしまうことは確実だ。

とはいえ、ここ暫くは同級生どころか人と出会えていないので、そんなことを気にしても仕方がないのか。

「この野草は食べられる。この木の実はとても美味しい」

段々と、この森で食べられるものの区別がついてきた。

日本にもある野草や木の実もあり、あとは獣が食べているものをよく観察し、それは少量毒見して様子を見てから本格的に食べるようにしていたからだ。

もしかしたら人間には毒かもしれないという危険はあったのだけど、今のところはなんの問題もなかった。

この近辺の木の実などはとても甘く、獣たちも大好物のようだ。

私も『食料保存庫』に大量に保管してある。

甘味が増えたのはいいことだけど、残念なのはデザートに調理できないことね。

私も女子なので、ケーキとか、アイスクリームとか、パフェとかのスイーツが恋しくなることだってあるのだから。

「もっと甘いもの……ここは暑いくらいだから、野生のサトウキビ……はないか……」

あれば、茎を齧《かじ》って甘みを堪能できたのに……。

「うん？　あれは？」

今日は少し遠出したのだけど、猪、鹿、水牛、鳥以外の生物……虫を見つけた。

しかしその虫はとても大きかった。

見た目はミツバチなのに、どうしてこんなに大きいのだろう？

この森だからかしら？

そして同時に、私は一つの推論を立てた。

「アレがミツバチだとして、その巣は巨大なはず」

そして、そこには大量のハチミツが……。

「欲しい！」

この一ヵ月間。

果物以外の甘味を口にしていないので、ハチミツが手に入るのであれば多少危険を冒してでも、と思ってしまうのだ。

「とにかく、ハチの巣を探さないと」

と思ってハチに近づいた瞬間、ハチは私に襲いかかってきた。

慌ててスコップで叩《たた》き落《お》とす。

いくら大きくてもハチなので、一撃で倒せてしまった。

だけど……。

「ええっ――――！」

仲間を倒されたからか、巣があるであろう方角から多数のハチが飛んで来て、私に襲いかかってきた。

ハチの生態はよくわからないけど、仲間の仇《かたき》を討とうとしているらしい……地球のミツバチもそうなのかはわからないけど。

「ならば二刀流よ！」

このところレベルが上がって力が増したので、片手にスコップ、もう片手には調理器具も仕舞えることが判明した『食料保存庫』から取り出した取手つきの大鍋を持って身構える。

ナイフはリーチが短いので役に立たないと判断、鈍器代わりにしていいのかわからないけど、大鍋を装備したのだ。

そして私は、両手を振り回してハチに対し反撃を開始した。

スコップと鍋で、ハチの頭部を狙って全力で叩く。

『パコ――――ン！』という音と共に、次々とハチは地面に叩き落とされていった。

「もの凄い数ね！」

こんなに大きなハチが数百匹も……。

倒しても倒しても、巣があるであろう方角から補充されてしまう。

「あれ？　もしかして全滅するまでやめられない？」

ここから撤退しようにも、ハチの数が多すぎてそれも難しかった。

私はスコップと鍋を振り回し、ハチを倒し続ける以外のことができなくなってしまったのだ。

「無理を承知で退くべきか……ええいっ！　キリがないわね！」

私は、全力でスコップと鍋を振り回してハチを倒していく。

段々と地面にハチの死骸が積もってきたので、動きにくくなってしまった。

急ぎ『食料保存庫』に仕舞い……仕舞えるということは、ハチの死骸も食べられることが判明したから、骨折り損のくたびれ儲けではないようね……さらにハチの死骸の山を作り出していく。

どれくらい戦ったであろうか？

ついに、私を襲うハチの姿は一匹残らず消えていた。

「あとは巣ね」

というか、これが本来の目的だ。

私はハチミツを手に入れるため、ハチの大群と死闘を繰り広げたのだから。

ハチたちが飛んできた方へと向かうと、また別の深い森へと入っていく。

そして次第に、ハチミツ特有の甘い香りが漂ってきた。

「ハチが大きかったから巣も大きくて、つまりハチミツも沢山あるってことよね」

沢山の甘いハチミツ。

私の心は大きく高鳴り、さらにその歩みを早めた。

さらに奥へと歩くとそこには洞窟があり、その入り口に数匹のハチが見える。

あれは見張りで、洞窟の中にハチの巣があるってわけね。

「ハチミツ……」

この一ヵ月。

果物や木の実しか食べていなかったので、痺《しび》れるような甘味に飢えていたところだ。

必ずや、ハチミツを手に入れなければ。

ところが、見張り役のハチを倒そうとした直後、別の方向から巨大な黒い塊が飛び出してきた。

なんとそれは、全長が私の倍はありそうな巨大熊であったのだ。

「巨大熊！　勝てるかしら？」

順調に強くなっているとはいえ、これまでに熊を倒したことはなかった。

亡くなったお祖父ちゃんは熊もよく撃っていたけど、こう間近で見ると怖くて堪らない。

熊は最強の獣だと、幼い私によく語ってくれたものだ。

つまり、そのくらい別格の生き物なのだ。

「でも……」

ここでハチミツを諦めたくない。

あの大きさなので、熊はハチミツを全部食べてしまうかもしれないのだ。

熊に『少し残しておきました』なんて配慮を期待するだけ無駄よね、きっと。

「ならば、倒すしかないわね」

だが、真正面から対峙《たいじ》するのは無謀でしかない。

どうにか奇襲を……そうか！

「ハチの巣がある洞窟の上の崖。そこに辿り着ければ……」

熊はハチの巣に夢中になっているので、上から頭部を一撃できれば倒せるはずだ。

奇襲になるけど、弱肉強食の世界に卑怯《ひきょう》もクソもない。

「（あっ、これはいけるかも……）」

熊の存在を察知したハチたちが巣から出てきた。

巣の最終防衛を行うハチたちなので、やはり数が多い。

熊は多数のハチたちに襲われ、体中を刺されて痛いのか、暴れ回りながらハチを叩き落としていた。

熊とハチ。

果たしてどちらが勝利するのか？

なんて思いながら、私は遠回りして洞窟の上の崖を目指す。

そこから勢いをつけて飛び降りながら、熊の頭にスコップを突き刺すのだ。

「数は多くても、やっぱりハチが不利ね」

熊は次々とハチたちを叩き落としていき、ハチも負けじと洞窟内の巣から援軍が出てくるが、ついに働きバチはおろか、雄のハチたちも熊によって全滅させられてしまったようだ。

残りは女王バチだけであろう。

勝ち誇った熊が洞窟の中の巣を探ろうとした瞬間、私はスコップを構えて崖から飛び降りた。

落下の際のエネルギーも利用して振り下ろした渾身の一撃により、熊の後頭部、延髄の辺りにスコップが深く突き刺さる。

勢いをつけすぎたせいで私は地面に投げ出されてしまい、強く背中を打って一瞬呼吸が詰まった。

スコップは熊の後頭部深くに突き刺さったので、さすがに即死したはず。

今度はレベルアップのおかげですぐに立ち上がれたので、急ぎ熊の様子を確認するが……。

「まだ生きてる？」

熊は立ち上がって私を睨みつけていた。

「そっ！　そんなバカな！」

延髄を切断されて生きている生物なんているわけが……。

しかし、熊が立ち上がってこちらを睨みつけているのは事実。

私は、腰に差した剣を構えて熊の反撃に備えた。

互角に戦えると思うほど楽天家ではないけれど……これはとんだ計算違いだった。

「……（いつ襲いかかってくるかわからない……油断は禁物よ）」

私を睨みつける熊と、剣を構えた私との睨《にら》み合《あ》いがどれほど続いたであろうか？

熊は私の隙を突こうと、いまだに私を睨みつけたままであった。

まばたきもしないで私を……あれ？

いくら未知の世界の巨大な熊でも、後頭部に深々とスコップの先が突き刺さって無事なわけがないわけで……。

試しに少しずつ熊の真正面からズレてみると、熊はまったく動かなかった。

私の動きに視線を合わせないのだ。

「これはつまり……立ったまま死んでいる？」

今度は徐々に接近してみても、熊は一ミリも動かなかった。

接近して、剣の先で熊の体を突いても反応はなく、紛らわしいことに立って目を開けたまま死んでいたというのが結論であった。

「仕舞えるから、熊は死んでいたのね」

『食料保存庫』は、種子や野菜、野草などを除くと生きているものは収納できない。

立ったまま目を開けて死んでいた熊は、すぐに『食料保存庫』に収納された。

解体は……あとでやりましょう。

というか、解体しなければ毛皮があっても収納できるのね。

「はあ……どうにかなってよかったわ。それはそれとして……」

邪魔なハチたちは熊が叩き落としてくれたので、あとは洞窟の中を探るだけ。

考えようによっては、熊はありがたかったのかも。

ハチの死骸も回収してから洞窟に入ると、数メートル奥に巨大な巣が見えてきた。

大きなハチが作る巣なのでとても大きく、つまりそこには多くのハチミツがあるということだ。

「ハチミツ！　ハチミツ！」

私は慎重に巣の外壁から壊していく。

すると、ハチに比例した大きさの幼虫やサナギが大量に出てきた。

「これも食べられるのかしら？」

ただ生きていると『食料保存庫』に仕舞えない。幼虫はナイフでトドメを刺すと、他の食材同様収納できた。

サナギも同様で、利用方法はあとで実際に調理しながら考えるとしよう。

見つけた幼虫とサナギも『食料保存庫』に仕舞い、巣を壊していく。

すると……。

「おっと！　お見通しよ！」

働きバチよりも大きな女王バチに襲いかかられたけど、これは予想していたので大鍋で叩《たた》き落《お》とすことができた。

どうして大鍋を持っていたのかって？

急にハチミツが地面に零れたりしないように備えていたのよ、悪いかしら？

「……あとで直せばいいか……」

沢山のハチたちを叩き落とすのに使っていたので大鍋はかなり凹《へこ》んでしまったけど、穴が開いたわけではないし、あとで凹みを直せば問題ないはず。

そして、ついに私が求めていたものが目の前にあった。

「甘いミツの香りが最高！」

さすがは大きな巣。

大量のハチミツが巣に詰まっていた。

割れてハチミツが漏れているところを指で掬《すく》って舐めると、脳みそが痺れるほどの甘さと美味しさを感じ、生きていてよかったと感じてしまう。

一ヵ月ぶりの果物以外の甘味は最高ね。

これは、一滴残さず『食料保存庫』に収納しなければ。

容器を確保しなければ……と思ったら、巣ごとならそのまま『食料保存庫』に収納できるみたいだった。

巣からは蜜蝋も取れるから、巣の外装以外全部収納してしまおう。

「ふう……」

大量のハチやハチミツを狙う熊との死闘はあったけど、大量のハチミツが手に入ってよかった。

あとは一刻も早くハチミツを堪能しなければ。

「さて、家に戻りましょうか」

私は洞窟を出て、大木の下の穴へと戻るのであった。


「せっかくのハチミツを零さないように……ようし。何度味見しても甘くて美味しいわ」

穴の前で少しだけ巣を取り出し、ハチミツを採取していく。

木を削って作ったボウルなども用意してあるので、そこに溜まるハチミツを見ていると、心が豊かになったような気がしてきた。

「巣のセルや壁の厚さが大きすぎるから、コームハニー《巣蜜》として食べるのは無理ね……」

コームハニー《巣蜜》……噂に聞いてたので食べてみたかったけど……。

ハチが大きいと、こんなデメリットがあったなんて。

「まあ、その分沢山ハチミツが取れるからいいけどね」

巣ごと『食料保存庫』に仕舞えるのはよかった。

少しずつ取り出して、ハチミツと蜜蝋を採取すればいいのだから。

「この蜜蝋で、リップクリームとハンドクリームも作れるかも」

この一ヵ月。

ここは暑いし、沢や小川は水が綺麗だから水浴びで過ごしてきたのだけど、女子高生らしくないサバイバル生活のため手が荒れてきたような気が……。

未精製の蜜蝋は独特の香りがするので、ここで見つけたハーブ類……地球のとまったく同じものも多かったので採取していた……を使って香りをつけることにしよう。

そうと決まれば、すぐに作業開始よ。

「蜜蝋を鍋で溶かし、ゴミや不純物を取ってから搾ったハーブで香りをつける。あとは、容器に入れて固めるだけで完成」

初めてにしてはよくできたと思う。

ハーブで香りづけしたのはよかったみたい。

あとは、木の実、果物の皮や食べないところも使って別の香りをつけてみようかしら？

「それは後日ということで。まずは、採取したハチミツをフルーツにかける」

小麦粉があればパンケーキが作れたのだけど、贅沢は言っていられないわね。

ハチミツで甘味が補強された果物は、得も言われぬ美味。

この世界の木の実や果物って、野生種の割には甘くて美味しいのだけど、やはりハチミツには勝てないのだから。

「さらに！　これを作るわ！」

最近、『食料保存庫』の在庫を増やし続けている猪のお肉。

その中でも、脂身と赤身が半々に近いバラ肉を、まずは表面だけ火を通して肉の旨味を閉じ込める。

そして、最近一日毎に指から出せる量が増えてきた醬油とハチミツで長時間煮込んでいく。

穴の前で火を管理しながらコトコトと煮込んでいくのだ。

このところ、この近辺で獣を倒し続けたら、穴の前で隙を見せても獣が襲ってこなくなった。

レベルアップのせいか、寝ていても獣の気配に敏感になり、奇襲を受けることもないはず。

私は、さらに近くで亡くなっていた四人組……ＲＰＧのパーティみたいな人たちの自炊用品をありがたく頂戴したので、大鍋で大量の猪バラ肉の角煮を作っていた。

一度に大量に作って、鍋ごと『食料保存庫』に仕舞っておけば暫く保つはずだ。

「柔らかくなぁれ。柔らかくなぁれ」

たまに木を削った串でバラ肉を刺して煮え具合を確認するけど、煮えるのが楽しみね。

そして数時間後。

猪バラ肉の角煮は完成した。

「いただきまぁ――――す！　柔らかい！　最高！」

醤油とハチミツでホロホロになるまで煮たバラ肉の角煮の美味しさと言ったら……もう口では言い表せないくらい。

「この甘じょっぱさは、日本人以外でも美味しいと思う人が多いはずよ。最高だわ。でも……ご飯があればなぁ……」

それだけが心残りだけど、贅沢かもしれない。

蒸《ふ》かしたサトイモに似たイモも食べながら、私は猪バラ肉の角煮を堪能した。

「ごちそうさまと。これからは、ハチの巣は積極的に狙っていくべきね」

そしてもう一つ。

大分強くなってきたので、そろそろ森を脱出してこの世界の人間と接触を図るべきね。

しかしながらここがどこかわからないし、東西南北どの方向に向かえばいいのかわからないのは辛いわね。

「白骨化していた人たちが地図を持っていたけど、雨に濡れたせいで腐って見れなくなってたし、まずは……あの洞窟に拠点を移そうかしら？」

ハチの巣を獲った洞窟なら、もうハチの巣もないので熊も狙わないはずだ。

となると、これからは徐々に北上することになるのかしら?

「北! 北に向かいましょう!」

確率四分の一のクジみたいなものだ。

もし駄目そうなら、他の三方向に変更すればいいのだから。

「いつ終わるやもしれない旅よ。気ままに適当にでいいのよ。荷物を纏めましょう」

採取した食料及び、死んでいた人たちが使っていた調理器具は『食料保存庫』へ。

ただ、状態のいい武具やアクセサリー、貴金属、金貨などは仕舞えない。

必要最低限を私が背負っていたリュックに仕舞い込み、腰にナイフや剣を刺し、スコップを持って、翌朝北の洞窟へと移動を開始する。

「長らく世話になったわね。ありがとう」

私は、穴に住まわせてくれた大木にお礼を述べ、最初の寝床をあとにした。


「――やあ! 鹿みたいな獣をゲット。これはお肉に脂肪分が少なくてヘルシーなのよね。焼肉にしてもいいわ。おっと、この野草はサラダにも使えるわ」

「――ヘビ! 大蛇! 鶏肉みたいで意外とあっさりして美味しいのよね。お祖父ちゃんがマムシを食べさせてくれたから」

「――またハチを発見! ハチミツ、ハチミツぅ」

次々と襲いかかってくる獣たちをスコップや剣で倒し、野草、木の実、キノコ……は危険なので手を出さず。

私は北上を続ける。

襲いかかってくる獣は倒して食材に、ハチの巣は積極的に見つけてハチミツを採取する。

何度も体が軽くなったような感覚を覚え、レベルアップを実感するが、この地はかなり危険な場所のようだ。

定期的に複数人の遺体を発見した。

この森の獣は大きくて強いので、彼らに食い殺されてしまった人たちのようね。

使えるものは回収し、遺体はスコップで埋葬しておく。

私にできることはこれくらいだし、色々と頂戴してしまっているので、せめてもの罪滅ぼしというわけだ。

「今日はこのあたりに泊まろうかな。そろそろ食事の準備をしないと……でも、いつになったら他の人たちに会えるかしら？」

この世界に飛ばされてから、もう四ヵ月が過ぎてしまった。

獣たちの妨害や、採集、ハチ退治、途中で亡くなっている人たちの埋葬で時間を食っているので時間の割に距離は移動していないけど、体が軽くなった感覚を何度も味わい、私は確実に強くなっていると思う。

ここは日本ではないし、どんな世界かもよくわかっていない。

遺品漁《あさ》りも、採集も、レベルアップも、この世界で生きていくために必要だと私は思っていた。

完全に勘だけど、お祖父ちゃんも勘は大切にした方がいいと言っていた。

『由紀子《ゆきこ》は勘が鋭いから、困った時はそれに従ってみるのもいいだろう』とも。

ゆえに私は、自分のペースで北上を続けていく。

これだけ遺体が見つかるこの地は確実に危険地帯なので、焦らず自分のペースでだ。

「どうにか生きていくしかないのだけど、この世界っていったいどんな世界なのかしらね？　とにかくまずは誰か第一異世界人と出会わないと」

とはいえ、さすがにもうすぐ他の人たちに出会える、そんな予感があった。

私はそれを信じて、今日も北上を続けるのであった。

あとがき

はじめまして。

自称なろう作家のY《ワイ》．A《エー》と申します。

なろう作家という名称に聞き覚えのない方に軽く説明いたしますと、『小説家になろう』という小説投稿サイトに作品を掲載したら、出版社からオファーがきて本を出したよ、的な作家の一種でございます。

そんなことが数回続き、今度は『カクヨム』に投稿した今作『野生のJK柏野由紀子《ジェーケーかしわのゆきこ》は、異世界で酒場を開く』が電撃文庫様の「電撃の新文芸」から本を出させていただくことになりました。

これから私は、カクヨム作家にジョブチェンジするのでしょうか？

そのままだと微妙なので、略してヨム作家？

聞いたことないなぁ……ヨム作家って呼び方……第一号か？


という冗談はさておき。

この作品は、狩猟ガールを目指していた女子高生、柏野由紀子が異世界に迷い込みながらも、持ち前の逞《たくま》しさと行動力で酒場を開いて繁盛させつつ、看板娘も目指すグルメ＆ハートフルストーリーだと思います。

ハートフル……ハートフルだな、きっと。

徐々に看板娘は増えていくのに、自分はなかなか看板娘になれず、しかしそれを諦めずに奮闘する様《さま》をご覧ください ませ。

現代日本ならSNSとかですぐに話題になりそうですが、そこは異世界だし、由紀子は思い立ったらすぐ行動し、どんな相手にも正論を吐かずにいられず、従業員の面倒見もいい。

男っぽい……あまり看板娘っぽくないけど、きっといつか看板娘になれるはず。

そんな由紀子の活躍?を応援してください。

最後に、この作品を購入してくれた読者の方々、素晴らしいイラストを描いてくださったすざく先生、担当のT様、電撃文庫のみなさま、本当にありがとうございました。

これからも、『野生のＪＫ柏野由紀子は、異世界で酒場を開く』をよろしくお願いいたします。

電撃の新文芸

野生《やせい》のJK《ジェーケー》柏野《かしわの》由紀子《ゆきこ》は、異世界《いせかい》で酒場《さかば》を開《ひら》く

著者／Y.A《ワイ エー》

イラスト／すざく

2021年2月17日　初版発行

発行者／青柳昌行
発行／株式会社ＫＡＤＯＫＡＷＡ
〒102-8177　東京都千代田区富士見2-13-3
0570-002-301（ナビダイヤル）
印刷／図書印刷株式会社
製本／図書印刷株式会社

【初出】……………………………………………………………………
本書は、カクヨムに掲載された『野生のJK柏野由紀子は、異世界で酒場を開く』を加筆修正したものです。

ISBN978-4-04-913622-7　C0093　Printed in Japan

ファンレターあて先
〒102-8177
東京都千代田区富士見2-13-3
電撃文庫編集部

「Y.A先生」係
「すざく先生」係

異修羅I

新魔王戦争

著／珪素
イラスト／クレタ

全員が最強、全員が英雄、
一人だけが勇者。“本物”を決める
激闘が今、幕を開ける——。

　魔王が殺された後の世界。そこには魔王さえも殺しうる修羅達が残った。一目で相手の殺し方を見出す異世界の剣豪、音すら置き去りにする神速の槍兵、伝説の武器を三本の腕で同時に扱う鳥竜の冒険者、一言で全てを実現する全能の詞術士、不可知でありながら即死を司る天使の暗殺者……。ありとあらゆる種族、能力の頂点を極めた修羅達はさらなる強敵を、“本物の勇者”という栄光を求め、新たな闘争の火種を生みだす。

電撃の新文芸

Unnamed Memory Ⅰ

青き月の魔女と呪われし王

著／古宮九時
イラスト／chibi

読者を熱狂させ続ける
伝説的webノベル、
ついに待望の書籍化!

「俺の望みはお前を妻にして、子を産んでもらうことだ」
「受け付けられません！」
　永い時を生き、絶大な力で災厄を呼ぶ異端——魔女。強国ファルサスの王太子・オスカーは、幼い頃に受けた『子孫を残せない呪い』を解呪するため、世界最強と名高い魔女・ティナーシャのもとを訪れる。“魔女の塔”の試練を乗り越えて契約者となったオスカーだが、彼が望んだのはティナーシャを妻として迎えることで……。

電撃の新文芸

悪役令嬢になったウチのお嬢様がヤクザ令嬢だった件。

著／翅田大介
イラスト／珠梨やすゆき

ケジメを付けろ！？型破り悪役令嬢の破滅フラグ粉砕ストーリー、開幕！

「聞こえませんでした？　指を落とせと言ったんです」
　その日、『悪役令嬢』のキリハレーネは婚約者の王子に断罪されるはずだった。しかし、意外な返答で事態は予測不可能な方向へ。少女の身体にはヤクザの女組長である霧羽が転生してしまっていたのだった。お約束には従わず、曲がったことを許さない。ヤクザ令嬢キリハが破滅フラグを粉砕する爽快ストーリー、ここに開幕！

「」カクヨム
2,000万人が利用!
無料で読める小説サイト
イラスト:スオウ
カクヨムでできる
3つのこと
What can you do
with kakuyomu?
1
書く
Write
便利な機能・ツールを使って
執筆したあなたの作品を、
全世界に公開できます
2
読む
Read
有名作家の人気作品から
あなたが投稿した小説まで、
様々な小説・エッセイが
全て無料で楽しめます
3
伝える
つながる
Review & Community
気に入った小説の感想や
コメントを作者に伝えたり、
他の人にオススメすることで
仲間が見つかります
会員登録なしでも楽しめます!
カクヨムを試してみる
「」カクヨム https://kakuyomu.jp/
カクヨム
検索